TASUKI-
-MESHI

Mio Nukaga

SHOGAKUKAN

← START!

タスキメシ

額賀澪

目次

一、去る者

◆午前九時三分　二区スタート地点　鶴見中継所◆

来るぞ。

隣から聞こえた呟《つぶや》き。肩を叩かれ、眞家春馬《まいえはるま》は頭から被《かぶ》っていたウインドブレーカーを静かに剝《は》いだ。一月の冷たい空気が口や鼻から体内へ入り込んでくる。冷気が体を貫き、余分な熱を逃がしていく。

「そろそろだ」

隣に佇《たたず》んでいた緒方《おがた》先輩が、遠くに視線をやりながら呟いた。

京急《けいきゅう》本線の鶴見市場《つるみいちば》駅にほど近い鶴見中継所は、住宅地や商店街にほど近いところにある。普段はもっと静かな場所なのだろうけれど、今日は違う。

一月の二日と三日。箱根《はこね》駅伝の行われるこの二日間、一区から二区へ襷《たすき》をリレーするこの場所は多くの観戦客でごった返す。国道十五号線を跨《また》ぐ歩道橋には「第九十二回東京箱根間往復大学駅伝競走」という横断幕が掲げられ、沿道には観戦客があふれている。

深呼吸をすると、真っ白な息が視界を被《おお》った。その向こうに幟《のぼり》が見える。中継所の前後百メートルは幟の設置が禁止されているけれど、そこから外れた場所にえんじ色、紺色、藤色、ピンク色、赤、青、黄色、緑……色とりどりの幟がある。たくさんの大学の名前が書かれた幟は、風になびいてばさばさと揺れる。観客の振る小旗の音に声援が混ざって、まるで大きな生き物の息づかいのようだった。

「眞家、頼んだぞ」

春馬が被っていたウインドブレーカーを預かった付き添い役の緒方先輩がもう一度、先程よりも強く肩を叩いてきた。四年生の彼は二、三年と箱根駅伝を走ったけれど、最後の箱根となる今年は出走者に選ばれなかった。

「わかってますよ」

そう短く答えて、春馬はゆっくりと立ち上がった。その場で軽く足踏みとジャンプを繰り返す。体を撫《な》でる空気がより一層冷たくなった気がした。

まるで駅伝の襷リレーをするために作られたかのような側道では、揃《そろ》いの防寒着を身につけたスタッフが無人の中継地点から国道十五号線を睨《にら》みつける。その視線の先は東京だ。大手町《おおてまち》をスタートし、一本の襷を運ぶ男達がこの場所へやってくるのを、今か今かと待ち構えている。

スタッフの一人が、春馬の所属する大学の名前を呼んだ。藤澤《ふじさわ》大学、という寒さをものともしない大声に釣られるように、春馬は大きく返事をした。小走りで側道に出ると、観客の誰かに名前を呼ばれた。

眞家、頑張れ、眞家。

藤澤、藤澤。

勝て、藤澤。

コースの先に、一区のランナーの姿が見えた。本道から逸《そ》れて側道へ入り、その姿が大きくなっていくごとに、声援は歓声になる。誰かの名前でも応援の言葉でもなくなり、「わー」とか「おー」といった熱っぽい雄叫《おたけ》びになる。男も女も関係なく、子供も大人も年寄りも関係なく、熱狂する。

ああ、そうだ。これが箱根駅伝だ。今年で三度目の経験なのに、改めて春馬はそう思った。たかだか大学生の駅伝なのに、関東学生陸上競技連盟に加盟している大学しか出場しないローカル大会なのに。でも、そんな理屈など関係なく、正月のただ中にある人々を夢中にさせる。新年を迎えた喜びや清々《すがすが》しさが、小旗にのせられ空高く舞い上がる。

藤澤大学の一区のランナーに遅れること十メートル、二人のランナーが走ってくる。運営スタッフが追加で違う大学の名前を呼んだ。日本農業大学《にほんのうぎょう》、英和学院大学《えいわがくいん》。ほぼ同時に二人の男が返事をして、駆け足で側道に出てきた。

鮮やかなえんじ色のユニフォームをまとった英和学院大学の助川亮介《すけがわりょうすけ》と、純白と深緑色のユニフォームを着た日本農業大学の藤宮藤一郎《ふじみやとういちろう》。七色の光の線が走るスポーツ用のサングラスをかけた助川の表情はほとんど読み取れない。サングラスをかけていなかったところで、彼はあまり感情を顔に出してくれない人間だから意味がなさそうだ。一方の藤宮はどこか硬い表情をしていた。唇を真一文字に結び、春馬の顔も助川の顔も見ることなくゆっくり中継ラインの上に立った。

「お久しぶりっす、助川先輩」

試しに、助川に声をかけてみた。藤宮を挟む形で並んだ助川は、ちらりとこちらを見たけれど特に何も答えなかった。

「最後だからって花持たせてあげたりしませんから」

構わず、春馬は続けた。

「あ、それは藤宮さんも一緒ですからね」

隣に立つ藤宮の顔を覗《のぞ》き込んでそう言うと、「お前からの花なんていらないよ」と助川が遅いリアクションを見せた。

「俺もだな」

藤宮も頷《うなず》いて肩を竦《すく》める。「そんなことしてみろ、走り終えた瞬間、お前の兄貴にぶっ飛ばされるぞ」と。

そこからは、誰も口を利かなかった。

第九十二回東京箱根間往復大学駅伝競走。一月二日の往路は、青空のもとスタートした。

それからおよそ一時間。一区ももうすぐ終わろうとしている。各大学の選手が互いに牽制《けんせい》し合い、大方の予想通りスローペースのスタートとなった一区は、全二十一・三五キロ中、十七キロ過ぎまでずっと団子状態が続いた。

ラスト三キロ。六郷橋《ろくごうばし》の下りに入った瞬間、三人の選手が集団から飛び出した。過去には七年連続の総合優勝を誇り、今年は三年ぶりの総合優勝を狙う藤澤大学。昨年の覇者、英和学院大学。昨年、一昨年と五位に終わっている日本農業大学。抜きつ抜かれつの攻防は三キロ続き、最後の最後に藤澤大学の一区のランナー、長谷川《はせがわ》が前に出た。英和学院大学と日本農業大学の選手は、十メートルほど離れて藤澤大学を追った。

右手を大きく振って、春馬は長谷川の名前を呼んだ。

「はせがわぁー！　ラスト、ラスト！」

襷を肩から外し手に持った長谷川は、少しだけ目元を苦しそうに歪《ゆが》めながら最後の最後にまたスピードを上げた。両手に持った襷を、前に差し出す。

スタートの体勢になり、春馬は長谷川から襷を受け取った。今年の箱根駅伝の、最初の襷リレーは藤澤大学のものとなった。

握り締めた拳《こぶし》の中に確かな襷の手触りを感じつつ、春馬は走り出した。二十一・三五キロを走り抜いた襷は、汗で湿っていた。これが一人分、二人分と積み重なり、襷は少しずつ重くなっていく。走りたくても走れない選手、監督、コーチ、マネージャー、親、友人、恩師。数え切れないほどの人の思いが込もっていることを知っているから、自分達はこの一枚の布切れを、死んでも途切れさせたくないと願う。

もはや藤宮や助川には目もくれず、春馬は前だけを見た。二人とは十メートルほど差があるだろうが、二十三・一四キロある二区のコースの中ではないも同然だ。

今日は、日中の気温が三月中旬並みになるという予報だった。暑いレースになりそうだ。強風ではないものの、向かい風の中でレースが続くだろう。空気も乾燥している。スタート前に水分補給はしっかりしたが、途中の給水も重要なポイントになる。

ひとまずは後ろの二人に注意を払いつつ、できる限りの差を作って三区の走者へ襷を繋《つな》ぎたい。けれど、それだけでは駄目だ。三区、四区、五区。そして明日の復路。レースの流れを俺がここで作る。藤澤大学の総合優勝を、俺が引き寄せる。エース区間である花の二区を任された意味は、よく理解しているつもりだ。

分離帯の上に設置されたやぐらには、日本テレビのカメラマンが中継用の大きなカメラを構えていた。藤澤大学と、その後ろに続く二つの大学の襷リレーをしっかりと映していた。その横を通過し、襷リレーをする選手を象《かたど》った箱根駅伝記念像に見送られ、側道を出る。自分の前を走る選手はいない。誰も、いない。

けれどいつも必ず、春馬は自分の目の前にとある人の姿を思い浮かべる。

自分がどんなに速く走ろうと、誰よりも前を走ろうと、そこにはいつも彼がいた。彼が走っていた。

彼は、風のように駆けていく。

獣のようにまっしぐらに。

弾丸のように力強く。

颯爽《さっそう》と自分の前を走るその背中を見つめながら、自分が持っている言葉はなんとちんけだろうと春馬は思った。彼の走る姿の、強さとか美しさとか、そういったものを何一つ言い表すことができない。

彼は走る。風を切るというより、風に乗るようにして。体を風に溶け込ませるように、軽やかに飛ぶように。その姿は、他の誰とも違った。

彼の肩が前後するごとに、足が前に繰り出されるごとに、呼吸するたびに、その体に弾かれた空気が光の粒になって飛び散る。

その欠片《かけら》が、自分のもとへ飛んでくる。鼻先を掠《かす》めて、春馬を包んで消えていく。

彼は——自分の実の兄である眞家早馬《そうま》は、そんなに格好いい奴ではない。お人好し。マイペース。女子だろうと年下だろうとあまり強く出られない。優柔不断。頼まれたら断れなくて、しょっちゅう損をする。リーダーシップ、なし。

たかだか自分より一年早く生まれただけで兄をやっているけれど、本当にそれだけだ。日常生活の中で、兄として尊敬できるような面はなかなか見ることができない。口喧嘩《くちげんか》をしたら確実に春馬が勝つ。殴り合いをしたって、思い切りのよさは自分の方が勝っているだろう。

そう思うのに、兄の走る姿を思い浮かべると、そんなふうに考える自分が実につまらない人間に思えてしまう。

物心ついた頃からそう、兄の走る姿は、何者にも負けない格好よさを持っていた。お人好しで優柔不断で器用貧乏な、こちらが見ていて苛々《いらいら》してしまうようなそんな兄の短所も、すべては走ることとの対価として与えられているように思えた。走っているときの兄は、最強だった。強く気高く美しく、誰よりも速く、すべての人の前を走る。彼の視界には何人《なんぴと》もおらず、そこにはただ兄だけの世界が広がっている。どれほど気持ちがよくて、どれほど綺麗《きれい》な景色なのだろう。

どうかその世界を、俺にも見せてくれないか。

そう思った瞬間、兄は振り返る。こちらの心を読んだかのように、首をわずかに傾けて春馬を見る。

そして何も言わず、笑ってみせる。白い歯を覗かせ、目を細め、嬉《うれ》しそうに顔をくしゃっとさせる。

お前もここまで来てみろ。もの凄く気持ちがよくて、楽しくて、気分がいいぞ。

まあ、俺がいる限り無理だろうけど。

兄らしくない、小生意気な言葉が聞こえた気がした。

耳を澄ました。後続の足音や息遣いは聞こえない。足を繰り出すたび、腕を振るたび、兄の背中が近くなる。兄の呼吸する音が近くなる。自分の息を吸う音、吐く音が、兄のものと重なる。

手を伸ばせば触れるんじゃないか、そう思ったとき、兄は再びこちらを振り返った。笑ってはいなかった。けれど驚いているわけでもなく、また前を向く。

次の瞬間、兄は春馬のずっと前にいた。

一歩、二歩、三歩とあっという間に距離を取られ、置いていかれた。いとも簡単に、余裕たっぷりに。

自分の体が、髪の毛や爪の一枚一枚、細胞の一つに至るまでが、喜びに震えるのがわかる。ああ、楽しい楽しい楽しい楽しい！　走るって、なんて楽しいんだ！　そんな単純な喜びに体が弾む。

さあ、追いついてやるよ。並んでやる。そして追い抜いてやる。

眞家早馬。早馬《はやうま》の名前を持つ兄の背中を睨みつけ、春馬は走った。

輝きをまとうその背中が自分の中にある限り、苦しみも疲れも痛みも、何もかも消えてくれるような気がした。

アスパラと里芋と豚肉の照り焼き炒め　～眞家早馬～

「てっきり、お説教されるんだと思ってました」

学ランを脱いでワイシャツとズボンの裾《すそ》を捲《まく》り、早馬は鎌を持って湿った土の上に右足を下ろした。足の裏に土が吸いつくような感覚が、靴底から伝わってくる。

「なんだ、何か悪いことでもしたのか」

ぷくりと膨らんだ腹を折り曲げるようにして、稔《みのる》は畑の畝《うね》を跨いで屈《かが》んでいた。頭には大きな麦わら帽子。首には小花柄の手拭《てぬぐ》い。

「いや、放課後に担任に肩を叩かれて、このあとちょっと来いって言われたら、誰だってそう思いますよ」

しかも職員室ではなく、生物準備室。生物の担当教員である稔に人気《ひとけ》のない放課後の生物準備室に呼び出されるなんて、絶対に悪いことが起こるのだと思った。

「酷《ひど》いなあ。俺は生徒が法を犯さない限り、怒ったりしないよ」

「なら、いいんすけど」

遠回しに、早馬が現在働いているとある悪行を非難されているようだった。法は犯していないから、俺は何も言わないけどね、という具合に。

「眞家、お前革靴で畑仕事する気か？」

顔を上げた稔が、早馬の足下《あしもと》を指さした。通学用の革靴を履いたまま、早馬は畑に足を踏み入れていた。

「汚れるぞ」

「別にいいですよ。綺麗に使うつもりもないですし」

「お前がそれならいいけど、俺が見ていて申し訳ないから長靴を貸すよ」

そう言って稔は校舎の縁で靴底の泥を落とし、畑の目の前にある生物準備室へ消えた。数十秒で黒い長靴を抱えて戻ってくる。

「ほら、使え」

黙って頷き、渡された長靴に履き替えた。その背中に、「陸上のグラウンドにも、革靴では入らないのがマナーなんだろ?」という皮肉のような言葉が飛んでくる。

長靴を履いて再び畑に入った早馬は、稔の隣の畝を跨いで浅く屈んだ。それほど大きくない畑には五本の畝。黒い土の上には鮮やかな緑色のアスパラガスが列を作っていた。真っ直ぐではなく少し列を乱して、まるで長距離走をしている選手を上空から見ているようだった。スタートしてしばらくたって、集団がばらけてきた頃の様子にそっくりだ。

「これ、普通に鎌で切っちゃっていいんですか?」

「いいよ。細すぎる奴は残しておいて、あとはじゃんじゃん切って」

こうね、こう。実践してみせる稔を真似て、早馬も一本ずつアスパラガスを刈っていった。長距離走を思い浮かべたせいで、まるで最後尾の連中からどんどん脱落していくような、そんな想像をしてしまった。

刈り取るペースは稔の方が断然速かった。体半分ほど早馬より前に出て、サッ、サッ、とリズミカルにアスパラを刈っていく。

「アスパラは一回植えるとね、十年ぐらい収穫できるんだよ。その代わり、種から育てようとすると収穫できるまで三年かかるんだ」

「三年もかけて、アスパラが食べたかったんですか?」

「俺はせっかちだから苗を買ってきたよ。植えたのは去年」

先に一本目の畝を収穫し終えた稔は、早馬を挟んで隣の畝に移動する。あとを追うように早馬も二列隣の畝に移った。たいして広くない畑なので、ものの数分でアスパラの収穫は終わった。籠《かご》に山盛りになったアスパラガスを生物実験室前の水道に運び、冷水で洗っていると、すぐ近くの通路を数人の女子が駆けていった。体育館で活動するバレー部か、バスケ部か、もしくはバドミントン部か。

生物実験室前の畑、通称「稔の畑」は、黄色がかった生け垣で囲まれている。そこそこの広さの土地に、大きさの違う畑が四面。ビニールハウスが一つ。アスパラガスが植えられていた畑はその中でも一番小さな畑だった。他の畑ではトマトやらキャベツやらがすくすくと育っている。あれの収穫も、いずれ手伝わされるのかもしれない。

まあ、いい。全然、構わない。

「どうしてこんなに畑があるんですか。うちの学校、普通科しかないのに」

タイルの貼られた流し台に腰掛け、畑を見回す。水やり用のシャワーホース、小型の耕運機まである。この高校には実は農業科があるのではないかと、初めて見たときは思った。

「俺の趣味だよ」

「これ、全部一人で世話してるんですか」

「たまに、担任を持った子や顧問になってる部や同好会の連中に手伝ってもらってるよ。毎年ちょっとずつ、秘密で面積を拡張してるんだ」

ここはもともと中庭の一部だった。そこに稔が赴任して三年目に、勝手に畑を作った。その噂《うわさ》は、恐らく本当なのだろう。

水道水を浴びてきらきらと光るアスパラガスを竹籠に入れると、稔はそれをそのまま早馬に渡してきた。

「じゃあこれ、調理実習室へ届けてちょうだい」

「調理実習室ですか？」

「アスパラは収穫したら早めに食べるのがいいんだ。陸上部の底力、見せてね」

「底力って、一階上がるだけじゃないですか」

生物準備室は、普通の教室が集まる一般棟から離れた特別棟の一階に入っている。調理実習室はその二階だ。

「大体、短距離は速くないですよ、俺」

「俺の全力疾走より、断然速いだろう」

俺もあとから行くから、よろしくね。早馬の肩を叩き、稔は生物準備室へ入っていった。

まさか、このアスパラで料理でもするつもりか。稔は、料理はできるんだろうか。

おいおいまさか、それも俺にさせる気か。


白いワイシャツに土がこびりついているのを見つけた。参ったな、帰ったら洗濯機に放り込む前に予洗いしておかないと。学ランは脱いで作業していたから無事だったけれど、紺色のスラックスもところどころ汚れてしまっていた。

特別棟の階段を上り終えると、目の前が調理実習室だ。廊下側の窓から明かりが漏れていて、誰かいるのがわかる。窓から中を覗くと、中にいた人物と目が合ってしまった。

女子生徒だった。周辺中学の女子からは可愛《かわい》い制服だと人気な、チャコールグレーのジャンパースカートの上に、見るからに使い古されたものだとわかる割烹着《かっぽうぎ》を着ている。茶色がかった髪を一つにまとめて、三角巾までしていた。

大きくて黒い目が、早馬の顔から両手に持った竹籠に移る。アスパラガスを確認すると、駆け足でドアのところまで来て、音を立てて開けた。

「稔にパシリにされたんだ、あんた」

可愛い、というか、どこか清楚な印象とは裏腹に乱暴な口調で、彼女は早馬の手からアスパラガスを奪った。「うわー美味《うま》そう」と収穫したてのアスパラガスを見る。

「さすが、稔だな」

その背後から、いい匂いが漂ってきた。米の炊ける匂いだ。

「あんた、収穫も手伝ったんだろう？　お礼はもうもらったの？」

早馬のシャツについた土汚れを指さし、彼女は言う。首を横に振ると、「そう、じゃあおいでよ」と早馬を調理実習室へ招き入れた。

「稔、あとから来るって言ってたけど」

「来るよ。料理ができた頃にね」

いつもそうだから、と竹籠を作業用のテーブルの上に置く。ポニーテールがさらりと揺れて、傾いた太陽の光を受けてきらきらと光った。

同級生だろうか、後輩だろうか。見覚えのない子だった。

「それ、今から料理するの？」

「決まってるだろ。あんた、ただ働きする気なの？　自分で収穫したもの、美味《おい》しくいただかないとつまらないだろ」

コンロと水道がついたテーブルが十個並んでいて、彼女がアスパラを置いたテーブルのコンロには、すでに鍋がかかっていた。包丁やまな板も置かれ、炊飯器からは蒸気が漏れていた。

「あんた、料理研究部か何か？」

そんな部があった記憶が、微《かす》かにある。

「女子をいきなり『あんた』って、失礼な奴だね」

「先に第一声で『あんた』呼ばわりしてきたのはそっちでしょうに」

とぼけた様子で笑いながら、彼女はコンロの火を止めた。さり気なく中を覗くと、皮付きの里芋だった。お湯を捨てると、中身をザルにあけて流しに置いた。そして空になった鍋に再び水を入れ、火にかける。

「あんた、二組の眞家早馬でしょ？　陸上部の」

早馬の名前をさらっと言って、井坂都《いさかみやこ》はアスパラガスを一摑《ひとつか》みまな板の上に置いた。

「クラス一緒だったことあったっけ？」

「全然。体育も選択科目も、全部バラバラ」

「どうして俺のこと知ってるの」

「長距離走の大会で入賞して、何度も全校集会で表彰されてるじゃん。助川亮介と一緒に」

そうか。よく考えれば、その通りだ。

「そっちは？」

「三年一組、井坂都。料理研究部っていうのも正解。私一人しかいないけどね、部員」

言いながら、包丁でザクザクとアスパラガスを三センチほどの幅に切っていく。硬そうな皮は剝ぎ、太い根本の部分も切り落とす。

「でき上がるまで少しかかるけど、どこかで暇でも潰してきたら？　そこに突っ立ってられても邪魔だし」

「……何か手伝おうか」

神野向《かみのむかい》高校は部活動が盛んだ。野球部やサッカー部といったメジャーな部から、クイズ研究会やダブルダッチ同好会まで幅広く活動している。文武両道を謳《うた》っているけれど、生徒の頭はかなり課外活動の方に偏っていると思う。だからこそ、部活に精を出さない人間の居場所は、校内には少ない。

「あんた、料理できるの？」

目を丸くして、都がこちらを見上げてくる。得意と言うと語弊があるけれど、できないわけではない。

「一応、家で家事はしてるから」

「へえ、意外。包丁持ったこともありません、って感じなのに」

じゃあ、そこで冷ましてる里芋の皮、剝《む》いておいて。それが終わったら、余ってるアスパラの皮剝き。早口でそう言うと、都は教室後方の棚から割烹着を投げて寄こした。

「了解しました」

都とお揃いの割烹着は、早馬には少し丈が短かった。袖《そで》から思い切りワイシャツが出てしまったので、腕まくりをして着直す。

湯を通した里芋の皮は、ヘタを取ると手で簡単に剝けた。アスパラは硬い部分だけをピーラーで削るように剝いてやる。

「これ、全部料理すんの？」

大量のアスパラを顎《あご》でしゃくってみせると、テーブルを挟んで向かいに立つ都は当然だとばかりに頷いた。

「アスパラと里芋と豚肉の照り焼き炒《いた》め、アスパラのおひたし、アスパラのオーブン焼き。それにご飯が、今日の献立。オーブン焼きはあんたに任せるから」

そう言って都はB5サイズのノートを早馬の前に広げた。「アスパラガスのオーブン焼き」というタイトルのページには、女の子らしくない無骨な字でレシピが書かれている。色ペンもイラストも使われていない素っ気ないレシピだった。

アルミホイルの上にのせたアスパラにオリーブオイルを垂らし、塩コショウをしたら二百度のオーブンで二十分。予熱は不要。

「随分簡単なんだな」

レシピに書かれていた作業はそれだけだった。あとはオーブンで焼けるのを待つだけ。

「手間をかければかけるほど美味くなるわけでもないから、いいんだよ」

早馬がオーブン焼きに従事している間に、おひたしがほとんどでき上がったようだった。茹《ゆ》でたアスパラをだし汁やら醬油《しょうゆ》やら砂糖やらを混ぜ合わせたものに漬け、冷蔵庫へ。

オーブンはどんな具合だろうと覗いていたら、背後から油の跳《は》ねる音がした。ああ、聞くだけで腹が減る。香ばしさを持った音。

振り返ると、都がフライパンに豚バラ肉を入れたところだった。テーブルに広げたままのレシピノートを捲《めく》ると、「アスパラと里芋と豚肉の照り焼き炒め」を見つけた。酒、みりん、醬油、砂糖、少量のワサビでタレを作り、それで豚肉を炒める。そこへアスパラを加え、火が通ったら里芋を。タレがじっくり染みるまで炒めたら、完成。

顔を上げると、都は先程早馬が皮を剝いて刻んだアスパラをフライパンへ投入していた。

「料理、興味ある？」

菜箸《さいばし》片手に、都がこちらを見る。

「興味っていうか、一応家でやってるから、他の人はどんなふうに作るのかなって思って」

「両親が共働きか何か？　それとも父子家庭？」

「後ろの方」

「へえ、うちと同じだね。部活しながら家事なんて、大変じゃないの」

「こんなふうにしっかり料理なんてしてないから。大体炒めて終わりだし」

都がフライパンに大きめに切った里芋を入れたとき、廊下の方から重い足音が聞こえた。

調理実習室の戸が開き、「わあ、いい匂いだ」と稔が入ってきた。本当に、調理がほぼほぼ済んだ頃にやってきた。都が「な？　言った通りだろ？」とこちらを見てくる。

「ちょうどよかった。稔、食器出してよ」

生徒に下の名前で呼ばれるのは、神野向高校で稔しかいない。しかも呼び捨てで。都や早馬だけでなく、稔に担任や授業を持ってもらった生徒の多くが自然とそうなってしまう。担任と生徒として毎日顔を合わせるようになってまだ一ヶ月ほどなのに、早馬も「稔」と呼び捨てるようになった。さすがに彼女のように本人を前にして呼ぶなんてことはできないけれど。

都の命令に応じて、稔は棚から三人分の食器を出す。茶碗に皿、おひたし用の小鉢。早馬は稔と手分けして、炊き上がったご飯を茶碗に盛り、でき上がったばかりのオーブン焼きを皿に盛りつけた。

「そういえば、吸い物がないな」

そうこぼすと、都は早馬にフライパンを見ているように言った。焦げないようにときどきかき混ぜていればいいと。

冷蔵庫から水出し用のティーポットを出してきたかと思ったら、隣の作業テーブルのコンロに鍋をかけ、中身をどぼどぼと注いだ。ティーポットの中身はうっすらと茶色に染まっている。

「何？　それ」

「だし汁だよ。いちいち昆布とか鰹節《かつおぶし》を煮立てるの、大変だろ？　水出しティーポットに鰹節と昆布を入れて、水を注いで冷蔵庫に一晩置いておけば、この通り、だし汁完成」

出汁《だし》なんて、早馬は取ろうと思ったことがない。いつも市販の粉末で済ませてしまう。

「そういうの、アリなんだな」

「面倒になってやめちゃうくらいなら、裏技使って楽して続けた方がずっとマシ」

そうか。そうだよな。感心しそうになって、得意げに踏ん反り返る都を前にその言葉を飲み込んだ。煮立てただし汁に乾燥わかめとお麩《ふ》を入れ、醤油と塩で味を調えたらお吸い物ができ上がってしまった。だし汁が煮立ってから、一瞬の出来事だった。

一番に稔が席に着いた。アスパラと里芋と豚肉の照り焼き炒めの大皿がテーブルの中央に、おひたしとアスパラのオーブン焼きの平皿は人数分。炊きたてのご飯とお吸い物が揃えば、完成だ。

「こんな時間にこんなに食って、いいもんなのかな」

時刻は五時半を回ろうとしていた。夕飯にしては少し早い。そう思いつつも盛大に腹が鳴った。二人にもしっかり聞こえるくらい、低音の腹の虫が。

「三年生は午後から体育だったたし、ぶっ続けで二コマ英語もあって疲れただろう？　食べちゃいな」

お吸い物を一口啜《すす》り、稔は早馬に箸を持つように促した。「収穫を手伝ってくれたお礼だから、これ」と。

「腹が減るのは体が健康な証拠だ。だが、空腹は体によくない。味は保証するから、ほら、食べる食べる」

都もそう言って照り焼き炒めを自分の小皿に取り分ける。早馬は箸を両手で持った。「いただきます」と都と稔に頭を下げて、お吸い物を一口飲む。

「美味い」

「だろ？　美味いんだよ、私の料理」

本当に美味いお吸い物だった。ちゃんと出汁を使って作ると、こんな味ができ上がるのか。家で飲むインスタントの汁物より遥《はる》かに美味い。午後の授業を経て空っぽになった胃に染み込むような、優しいふんわりとした味だった。

「美味そうに食うじゃん、あんた」

「そんな顔かな」

「美味いって、顔が言ってる」

照り焼き炒めに箸を伸ばす。照りをまとったアスパラガスを、まずは一口食べてみた。収穫してすぐに食べないと、と言った稔の気持ちがよくわかる。甘辛いタレの味と一緒に、嚙《か》んだ瞬間にアスパラの中の水分が染み出してくるのだ。里芋も柔らかく、豚バラ肉の脂がさらに食欲をそそる。

「本当だ、美味いや」

白米と共にしっかり咀嚼《そしゃく》する。都がむかつくくらい得意げな顔をして胸を張るけれど、まあいいや、と思った。美味い飯には苛々だって勝てない。

こってりとした味の照り焼き炒めに反して、おひたしはさっぱりとしていた。漬けてから時間がたっていないので、マヨネーズと味噌《みそ》をつけていただく。しゃきしゃきとした歯ごたえとわずかな、本当にわずかな苦味。それも瑞々《みずみず》しさのお陰で不快ではない。むしろ心地がいい。

「あんたの作品も、結構美味い」

オーブン焼きにしたアスパラガスを丸々一本囓《かじ》りながら都が笑った。皮を剝いて、切らずにそのままオーブンで焼いただけ。味付けも塩コショウというシンプルな料理。だからこそ、採れたてのアスパラの美味しさが前面に出ている。火加減が心配ではあったが、根本までしっかり柔らかい。

料理を綺麗に食べ尽くす頃にはもう外は暗くなっていて、グラウンドで練習する運動部の連中の声も疎《まば》らになっていた。洗い物を終えて作業テーブルが綺麗になると、都が早馬の顔を覗き込んできた。

「美味かったか?」

「何度も言ったじゃん」

勝ち誇った顔をされるとどうしようもなく腹が立つけれど、美味いものは美味い。そして美味い食べ物をくれる人に感謝をしないなんてこと、早馬はできない人間だった。

「美味かったです。ありがとう」

「その素直さに免じて、土産にこれをやろう」

差し出されたのはプラスチック製の密封容器だった。先程食べた照り焼き炒めがどっさり入っている。もう一つ、小振りな密封容器も渡された。そちらはおひたしだ。

「稔にもな」

同じものを稔も受け取り、「妻が喜びます」なんて言ってにやにやする。

「……土産?」

「おひたしは一晩置くともっと美味いぞ。今日は時間がなかったから、マヨネーズと味噌で食べたけど、明日はそのまま食べてみな」

自分の分の密封容器を手提げ袋に入れながら、それが心底楽しみだという顔を都はした。ポニーテールが揺れ、耳にかけられていた艶《つや》やかな前髪がこぼれて、さらりと音を立てるようだった。

アルミホイルが敷かれた皿の上には、稔からお裾分けしてもらったアスパラガスがのっている。オーブントースターの中は赤く染まり、タイマーは刻々と時間を刻む。

台所のテーブルに寄りかかってそれを待っていたら、玄関の戸が歪《いびつ》な音を立てて開いた。重苦しい足音がこちらに近づいてくる。

「おかえり」

振り返らずに言う。確かめなくても誰だかわかるから。

「ただいまあ」

間延びした声を残して、春馬が自室の方へと歩いていく。べたん、べたんという素足で床板を踏む音と、鞄《かばん》を引きずる音が今日の練習量を物語っていた。

オーブントースターがチンと音を立てて消える。皿を取り出そうとして、まずい、と思った。熱すぎて触れなかった皿をひとまずそのままにして、春馬の部屋に走った。

「春馬、寝るなよ」

そう言って彼の部屋の襖《ふすま》を開けたが、春馬は制服を着替えもせず、畳の上に突っ伏していた。紺色の学ランから覗くワイシャツのボタンが、思い切りかけ違えられている。

「おい、春馬、起きろ」

右足で背中を蹴る。寝返りを打った春馬がこちらを見上げ、睨んできた。

「起きてるよ」

「寝落ち三秒前、って顔して何を言う」

しかもこの時間に寝ると、下手すると朝まで起きない。無理矢理起こすと最高に不機嫌になって、ろくに口も利いてくれなくなる。

「だってさー、今日、神宮橋《しんぐうばし》まで三往復したんだよ？　帰ってきてからもいろいろやったしさぁ」

「そんなの、この時期は普通だろ」

畳の上には鞄と一緒にコンビニのレジ袋が投げ捨てられていた。ペットボトルと弁当の箱が透けて見える。

「コンビニに行く元気はあったんだな」

「だって、そうしないと夜に食うものがないじゃん」

いつものことだ。バス停と自宅の間にあるコンビニに寄って、春馬は毎日こうして弁当を買ってくる。

レジ袋の中を覗いてみる。五百ミリリットルのストレートの紅茶、小振りなオムライス、ツナサンドが一つ。

「アスパラと里芋と豚肉の炒め物」

溜《た》め息の代わりに、早馬はそうこぼした。春馬が「へ?」とこちらを見上げてくる。

「あるけど、食べる?」

「えー、いいよ。アスパラも里芋も嫌いだし」

「コンビニ弁当ばっかり食うなって、コーチにも言われてるだろ」

「いいじゃん、野菜食ってるし」

オムライスの隅っこに盛られている温野菜のことを言っているのだろうか。

「そういう問題じゃなくてさ。家で作ったもの、ちゃんと食べた方がいいって」

「いいよ。俺、食えないもの多いし。俺に合わせて料理なんてしたら、大変だろ。兄貴も親父も」

「まあ、そうだけど」

俺の食えるものをお前が作れると思えないし、そもそもお前の料理の味に期待なんてできない。そんな顔をされた。ぐうの音も出ない。

二人兄弟といえど、末っ子は末っ子。甘やかされ尽くして育った弟は、我《わ》が儘《まま》でマイペースで都合よく甘えん坊で、そして偏食家。野菜嫌い、魚嫌い、豆も嫌い、茸《きのこ》も嫌い、肉の脂身と内臓も駄目。スナック菓子と紅茶が好き。加えて、小食でもあるから質《たち》が悪い。

「故障の原因になるぞ」

我ながら小姑《こじゅうと》みたいだ。そう思いながら春馬に背を向け、襖を開けた。アスパラをオーブンに入れっぱなしだ。

「そういう自分の方が、先に故障してるじゃん」

襖が途中で止まる。丸形の引き手に手を添えたまま、返す言葉を探した。

ゆっくり、振り返った。やばいこと言っちまった、という顔で、春馬は早馬の顔色を窺《うかが》っていた。それに免じて、聞き流してやることにした。

「飯食おうぜ。腹減ったよ」

そう言って、さっさと台所に戻る。だいぶたってから、春馬の部屋の襖が開く音がした。

結局、彼はコンビニで買ったもの以外は口にしなかったけれど。

＊＊＊

朝飯買うの忘れてた、と言いながら、春馬が台所に入ってきた。「なんかねえかなー」と冷蔵庫や戸棚を開ける。

「昨日の炒め物、あるけど」

昨日都からもらった炒め物と、一晩置いたおひたしを冷蔵庫から出す。これにご飯とインスタントの味噌汁で、自分と父の朝食には充分だ。

「パンないの、パン」

「一昨日お前が食っちまっただろ」

「そーだった」

溜め息をついて、台所から出ていこうとする。食べずに行って、コンビニで買い食いしていく気だろう。

「ご飯よそうから、ふりかけでもかけろよ。卵もあるぞ」

「生卵嫌い」

「焼いてやるから、ちょっと待ってろ」

春馬が椅子に座るのがわかる。フライパンに油を引いて、卵を一つ割り入れた。自分でやれと言いたいところだが、「それならコンビニ行く」と言い出すのはわかりきっている。

ご飯を二人分よそって、アスパラと里芋と豚肉の照り焼き炒めとおひたしをテーブルに置く。豚肉だけでも食べるかと思い、炒め物の入った器を春馬の近くに寄せてみた。

春馬がおもむろにそれに箸を伸ばしたのは、彼の好み通りの固めの目玉焼きが焼き上がった頃だった。ふりかけをかけたご飯に飽きたのか、少し味の濃いものが欲しくなったのか、炒め物の入ったお皿にすっと箸を入れ、豚肉を一つだけ口に入れた。ご飯と一緒に咀嚼して、飲み込んで、聞いてきた。

「これ、兄貴が作ったの？」

「まあ、そんな感じ」

本当のことを言うと面倒なことになりそうだから、あえてそう言った。

「へえ、そうなんだ」

もう一口、豚肉を食べる。炒め物の隣に置いてやった目玉焼きには、まだ一度も視線をやっていない。

早馬自身も自分の席に腰を下ろし、アスパラのおひたしをご飯にのせて食べた。一晩置いただけあって、味が染みて美味しい。しかも昨日より柔らかく、これならマヨネーズも味噌もいらない。

「美味い？」

炒め物に箸を伸ばし続ける春馬にそう聞いた。

「ん？」

「炒め物、美味い？」

「美味いかな」

「アスパラと里芋も食ってみろよ。美味いから」

「ええー、いいよ」

そう言って、目玉焼きにケチャップをたっぷりかける。せっかく塩コショウで味をつけたというのに。

「里芋、照り焼きの味が染みてて美味いから、試しに一口食ってみろって」

しつこく勧めると、渋々という顔で里芋を箸で細かくちぎった。小さな欠片を、ご飯と一緒に口に入れる。

眠そうに半分閉じられていた目が、すっと開いた。その目が自分の方を向く。

「これ本当に、買ってきたわけじゃないんだよね？」

「そうだけど」

「これなら食えるかも」

よく作れたね、これ。そう言って里芋をもう一つ食べる。大嫌いなアスパラガスにはさすがに食指が動かなかったようだけれど。

「わかった。これで自信ついちゃって、昨日は自炊がなんとかって言い出したんだ」

「そういうわけじゃないけど」

久々に、本当に久々にご飯を茶碗一杯分平らげて、春馬は朝練へ出かけていった。綺麗に残されたアスパラガスを摘《つま》みながら早馬が一人朝食を取っていると、起床した父が台所へ顔を出した。炊飯ジャーからご飯をよそってやる。

「なんだ、アスパラばっかりだな」

「春馬が里芋と豚肉ばっかり食べていったから」

父がアスパラ嫌いでなくて助かった。稔がせっせと育てて、早馬も収穫を手伝ったのに誰も食べてくれなかったら、さすがに可哀想《かわいそう》になってしまう。

「珍しいな、野菜食ったのか、あいつ」

「しかもちゃんとよそったご飯を全部食べていったよ。今日は雨が降るんじゃないかな」

それくらい、春馬の食生活は酷い。普段の朝食はコンビニで買ったパン一つを、同じくコンビニで買った紙パックの紅茶で流し込む。米はほとんど食べない。

「お、美味いじゃん、これ」

これ、早馬が作ったの？　と、春馬とまったく同じことを聞かれた。

「料理研究部の奴にもらった」

「へえ、そんな部活があるんだ。こういうのも作るんだな」

「俺も知らなかったよ。うちの学校、やたらめったら部活とか同好会とかあるし」

料理研究部なんて、女の子がきゃっきゃと笑いながらお菓子を作る部だと思っていた。まさかこんな家庭的な料理を作る部だとは。

「寝起きの春馬がちゃんと食っていったんだから、余程の料理上手さんなんだろうな」

都の勝ち誇った高笑いが聞こえた気がした。

「本当、びっくりだよ」

野菜嫌い、魚嫌い、豆も茸も嫌い。和風の味付けもあまり好まない。嫌いなものを食べるくらいなら、食べないでいた方がマシと考える。寝起きが悪くて、小食。

そんな手のかかる弟がひとたびグラウンドに出れば、ランニングシューズを履いて走り出せば、強い強い、ランナーになる。周りの選手を蹴散らし、観客を魅了し、いつかきっと、早馬には到底辿《たど》り着けない場所へ行く。

「あんなにあったのに、一晩で食べたの？」

調理実習室のドアを開けた早馬の手にある密封容器を見て、都はそう言った。昨日と変わらず、彼女は割烹着を着て調理実習室にいた。

「家族で食べたから」

「一晩たっても美味しかったろ?」

「美味しかった」

「よろしい。苦しゅうない」

得意げに肩を上下させる都は、自分の料理やレシピを褒められるのがこの上なく嬉しいようだ。謙遜も遠慮もなく、素直に口をにいっと吊《つ》り上げる。

茶でも飲んでいく? と都は早馬を調理実習室へ招き入れ、椅子を勧めた。教室の後方にある冷蔵庫からガラスポットを出してきて、中の緑茶を花模様の冷茶碗に注ぐ。

さり気なく、早馬は自分の右膝《みぎひざ》を見つめた。そっと手を当て、目を閉じる。何も感じない。痛みも熱も、そこにはない。

「料理研究部の部員、井坂だけなんだろ?」

自分の分の緑茶を啜りながら、都は頷く。

「新学期に見学に来る奴はいるんだけど、大抵『可愛いスイーツが作りたいの』って奴ばかりでさ。みんな逃げちゃうんだよ」

「俺の家、昨日言った通り父子家庭なんだ。ずっと祖母さんが家事をしてくれてたんだけど、去年の九月に死んだ。それからずっと、俺と親父で家事をしてる」

「それで?」

手持ち無沙汰な気分になって、すっと右手で頭をかいた。自分に余裕がないのが、よくわかる。

「料理、教えてくれないか」

都が「はぁ？」と早馬を見た。耳にかけられていた髪が落ちて、前髪が揺れる。どうして、とはすぐに聞かず、都はしばらく何度か瞬《まばた》きを繰り返した。

「うちには弟がいるんだけど」

「眞家春馬だろ？　陸上部の」

「俺よりずっと有名人だろ？」

高校に入学してから一年。陸上部長距離チームのメンバーとしての活躍は目覚ましかった。インターハイ県予選では五位入賞。北関東大会では八位で全国大会出場は逃したものの、神野向高校陸上部長距離チームとしては、キャプテンの助川に次ぐ成績だった。秋の県新人戦では、千五百メートルで二位となり、五千メートルでは優勝までした。

「その弟がさ、もの凄く偏食家で、野菜は一通り駄目だし、魚も駄目だし、豆とか茸も無理で、和風の味付けのものも基本的に嫌いで、毎日コンビニ弁当ばっかり食べてる」

「幼稚園児ならともかく、高校生にもなって？」

「俺もそう思う」

そいつが、昨日の照り焼き炒めは美味いって食ったんだよ。そう付け足すと、彼女は目を丸くした。ただでさえ大きな瞳が輝きを増し、口角が限界まで吊り上がる。

「前言撤回、いい弟だ」

「今朝は、ちゃんと茶碗一杯分ご飯を食べた」

父は「そうか、よかったな」くらいの感想しかなかったようだが、これは一大事だ。あの我が儘偏食野郎が、嫌いな里芋を食べた。ご飯茶碗を空にして、学校に行った。

「弟のこと、なんとかしないとなって思いながらなかなか行動には移せなくてさ」

「それで、料理研究部の部長にして超料理上手なこの井坂都に、料理を習いたいと？」

「部員じゃないと駄目だって言うなら入部する」

ちょっと、いや、かなり不本意ではあったけれど、都に向かって頭を下げた。テーブルに自分の顔が映り込み、微かに表情が読み取れた。そこまで情けない顔も、自分に憤っている顔もしていなかった。

「でもあんた、陸上部は？」

「もう引退したようなもんなんだ」

「ああ、もしかして、怪我《けが》のせい？」

知らぬ間に握り締めていた拳を解き、そっと右膝を撫でた。かつて確かにそこにあった痛みが蘇《よみがえ》ってくるようだった。

「……知ってるんだな」

「だから、あんたは結構有名人なんだって。故障して手術したのも、噂で聞いたことがある」

「去年の冬に、右膝を剝離骨折《はくりこっせつ》した。手術もした」

リハビリのために、陸上部の練習とは別メニューをこなしている——ということになっている。

「でも、リハビリでウエイトトレーニングをしたり、軽く走ったりして、そうやって復帰していくんじゃないのか？　故障した選手って」

どうして妙に詳しいんだ。全然知らないでいてくれればよかったものを。

「まあ、そうなんだけど……。仮に競技に戻れるまで回復したとして、きっとその頃には三年生は引退だ」

「だから、みんなより一足先に引退した気分でいると？」

「そんな感じだな」

ふうん、と都が眉を寄せた。どうしてこういうときだけ、こんな顔をするんだ。人の心の内を探るような、こちらが塗り固めた仮面をその瞳で砕こうとしているかのような、そんな目を。

「駄目か？」

恐る恐る、都を見た。これで駄目なら、やっぱり諦めようと思った。大人しく、大人しく、どっちつかずで曖昧《あいまい》な駄目な俺に戻ろう。そう思った。

「稔があんたを畑に連れていった理由がわかった気がする」

意味深に笑って、都は自分のお茶を飲み干した。制服のポケットからヘアゴムを取り出し、自分の髪を高い位置で一つに結ぶ。

「今日は、けんちん汁を作るぞ」

そうやって不敵に、笑ってみせた。

＊＊＊

「おい、春馬、それ親父の茶碗だ」

へえ？　と間抜けな声を上げて、春馬がしゃもじ片手にこちらを振り返る。その向こうで、炊飯器から真っ白な湯気が舞い上がった。

「寝ぼけてんな」

笑いながら春馬の茶碗を水切り台から出して渡してやる。

「茶碗半分、な」

自分でやらせると一口分しか盛らないので、そう釘を刺す。「へーい」と春馬はしゃもじを釜の中に突っ込む。茶碗半分には若干少ないが、ちゃんとご飯をよそった。

春馬が茶碗を手に自分の席に座るのを待って、じっくりと焼いていた卵焼きをヘラの先でゆっくりと丸めた。慎重に、焦らず、落ちついて。調理実習室では厚焼き卵用の四角いフライパンを使っている分、丸いフライパンでは勝手が違う。おっかなびっくり卵を丸めていき、ついにフライパンの隅で綺麗な厚焼き卵になった。うおー、と思わず声が漏れた。

「見ろ、家のフライパンで初めて綺麗に焼けた」

皿へと卵焼きを移して、春馬の前へ持っていく。都から教わった通りに作った肉味噌でご飯を咀嚼していた春馬は、寝ぼけた顔のまま首を傾《かし》げた。

「ていうか、ネギ入れないでよ、卵に」

刻みネギを混ぜ込んだ卵焼きだと気づいた春馬が、肩を竦めてみせる。問答無用で醤油をかけて出してやると、渋々箸を伸ばした。

「熱いごま油かけてから混ぜてるから、そんなに辛くないぞ」

これも、都から伝授された。ネギは熱したごま油をかけてやると、辛味が和らぐと。

卵と肉味噌だけじゃ寂しい気がして、冷蔵庫から和風ピクルスと大根のきんぴらを出した。念のため、春馬に「食うか？」と聞いてみる。

「まぁたピクルスと大根？」

「いいじゃん。一回作るとしばらく食べられるから」

けんちん汁の次に都から習ったのは保存の利く肉味噌と和風ピクルスだった。特に和風ピクルスは酢と出汁を混ぜて、そこに手当たり次第野菜を放り込むだけで作れるので重宝している。

ご飯、味噌汁、卵焼き、和風ピクルスに肉味噌、大根のきんぴら。手間がかからない割に品数だけはテーブルに揃って、料理ができる奴になれた気がする。

けれど春馬は卵焼きと肉味噌しか食べようとしない。しつこく勧めて、やっと最近は大根のきんぴらを食べてくれるようになった。

「もっとさ、洋風のもの作ってよ」

「何食いたいんだよ。リクエストしろよ」

「えー……なんか、それっぽいもの。ハンバーグとか、コロッケとか、シチューとか」

「和食の方が脂っこくなくて、陸上やる人にはいいと思うんだけど」

「たまにはだよ、たまには。兄貴、和食ばっかり作るから、たまにはそういうのも食べたいっていうか」

それでコンビニ弁当を買ってこられても困るから、仕方なく「わかったよ」と頷いた。都に頼んでみよう。

茶碗を空にして、早い便のスクールバスに乗るために春馬が家を出た頃、今度は父が起きてきた。自分でご飯をよそって席に着く。早馬も自分の分のご飯を用意して、いつも使う椅子に腰を下ろした。

「悪いな、朝は任せっぱなしで」

父は低血圧で、朝がめっぽう苦手だ。これまで朝は夕飯の残りを食べたり、春馬のようにコンビニに寄って済ませたりしていた。朝の食卓にこうやってきちんと料理が並ぶようになったのは、都に料理を習い出してからのことだ。

「最近、おかずがいっぱいだな」

「結構頑張ってるだろ」

肉味噌をご飯にのせて一口食べた父が「おっ、美味い！」と頰《ほお》をほころばせる。嬉しくなって一品一品、作り方を説明していった。

「本当はニンニクを擂《す》り下ろして入れると美味いらしいんだけど、朝食べると匂いが気になると思ってやめたんだ。いつも冷蔵庫に入れてる出汁を使って肉味噌出汁茶漬けにしても美味いから、今度やってみてよ」

都に勧められた水出しティーポットを使った簡単に取れる出汁も、大活躍している。

早馬の説明をうん、うんとしっかり聞きながら、父は言った。

「最近は男の子でも家庭科とかちゃんとやるんだもんな」

「料理研究部の子に教わらなきゃ、とてもじゃないけどここまでできなかったよ」

「子、ってことは、女の子に教わってるのか？　料理」

「そうだけど」

「付き合ってるわけじゃないのか？」

いたずらっぽく目を細め、ピクルスをポリポリと鳴らす父を早馬は笑い飛ばした。

「付き合ってるなら、わざわざ料理なんて習わないだろ。むしろ作ってもらうよ」

「それもそうか」

おもむろに「肉味噌出汁茶漬け、やってみるかな」と父は茶碗を持って立ち上がった。「やろうか？」と言ったが、首を振られる。冷蔵庫から鰹節の入ったティーポットを取り出して、肉味噌ののったご飯にかけ電子レンジへセットする。

温まるのを待っている間、父はずっと早馬に背を向けてレンジの中を覗いていた。早馬は一人黙々と食事をした。

電子レンジのじーんという音が響く中、突然父は言った。言おう言おうとずっとタイミングを窺《うかが》っていたのかもしれない。

「早馬、お前、ちゃんとリハビリしてるのか」

チン、とレンジが鳴る。鍋摑みで茶碗を取り出した父が、再び早馬の向かいの席へ戻る。

「真木《まき》先生のところ、ちゃんと行ってるよ」

真木クリニックは、神野向高校からバスで十分ほどのところにある。陸上部の部員も代々世話になっているし、学校帰りにリハビリに寄ることができるからちょうどいい。右膝の違和感を、痛みを相談したときも、顧問は真っ先に真木クリニックへ早馬を連れていった。

先週行ってきたよ。そう続けると、「そうか、そうだったな」とスプーンでお茶漬けを掬《すく》う。ふうふうと息を吹きかけて、ゆっくり口の中へ運んだ。

「最近、料理に一生懸命になってるから、どうなんだろうと思って」

「陸上部でも個人メニューをちゃんとやってるよ。暇を見てドリンク作ったり、グラウンドの石拾いしたり。春馬のタイムだって、俺がずっと測ってるんだから」

速いスピードで走ることはほとんどない。腕振りの感覚やリズム感を失わないよう、長い距離をゆっくりゆっくり時間をかけて走る。グラウンドの隅にマットを敷いての体幹トレーニングも行う。それ以外の時間は、長距離チームのサポートに回る。

都に料理を習うのは、練習のない日。早馬が勝手に「練習のない日」としている日。

「真木先生のところに行く前とか、いい時間潰しになってるよ」

「なら、いいんだけどな」

この間、小見川《こみかわ》コーチと会ったから。そう言う父の言葉のお尻にのっかるようにして、

「どこで?」と聞いてしまった。

「日曜に、旭屋《あさひや》で」

家から車で十分ほどのところにあるショッピングセンターだ。長距離チームのコーチである小見川コーチの家も、確かあの辺りだった。

「『早馬君は大学で陸上を続ける気はないんでしょうか』って聞かれて。そういう話、故障のあとからしてないなって思って」

きっと、二人はそれ以外にもいろいろと話をしたのだろう。

「やめるつもりだよ」

箸を動かすテンポを変えることなく、なんでもないことのように早馬は頷いてみせた。

「膝、ちゃんとリハビリすれば治るんだろ。高校はこのまま引退になるかもしれないけど、大学からまた始めたらどうだ」

「大学まで続けるほどの奴じゃないと思ってる」

自分で作った大根のきんぴらを見つめたまま言う。大根の桂《かつら》剝《む》きも随分上達した。お陰で包丁使いも手慣れてきた気がする。

「他人事《ひとごと》みたいに言うんだな」

「もうすぐ十八なんだから、自分のこと、少しは客観的に見られてると思うよ?」

「でもさぁ」

「大学で長距離やったとしても、実業団に入るなんて考えられないし。それなら大学でちゃんと勉強して、就職する。その方がいい気がする」

小見川コーチは、そうは言わなかったの？　そんな言葉が喉まで出かかって、ご飯と一緒に飲み込んでやった。

「肉味噌出汁茶漬け、美味いだろ？」

疑心をさっと隠すようにして、スプーンを咥《くわ》えたまま、父は大きく頷いた。

「美味いなぁ、肉味噌出汁茶漬け。夜食に食べようかな」

「さすがに太っちゃうって、やめときなよ」

そうか。そうだな、父さんも気をつけないとな。父がお茶漬けをかき込みながら言う。

父さんも。「も」の中には一体誰が含まれているのか、早馬は考えないようにした。

生物準備室は、肥《こ》やしの臭いがする。棚に並べられたホルマリン漬けや標本にまでその臭いが染みついてしまっているようだった。頻繁にここに出入りしている自分の制服からも臭うんじゃないかと心配になり、ジャンパースカートの上に着たボレロの袖を嗅《か》いでみた。よくわからなかった。

生物準備室を通り抜けて屋外へ続くドアを開けると、そこには畑が広がっている。本格的と言うには小さいが、趣味の畑と言うには大きく道具もしっかり揃っている。

畑の真ん中で、稔は鍬《くわ》を振《ふる》っていた。ふっくらとした体が鍬をゆっくり振り上げ、肥やしを撒《ま》いた土へと降ろす。

青、緑、黄色。綺麗な色のタイルの貼られた流し台に腰掛け、都はしばらく稔を見ていた。先日アスパラガスを収穫し終えた畑に、次の作物を植えようとしているのだろう。

「次、何作るの」

日陰で程よく涼しい流し台から問いかける。鍬を土の上に置き、首からかけた手拭いで額を拭《ぬぐ》いながら、稔はこちらを振り返る。

「さつまいもかな」

「焼き芋したいの？」

「秋に焼き芋があると思えば、夏の暑さも乗り切れるだろう?」

「松茸《まつたけ》くらい欲しいところだけどね」

「研究しておくよ」

水を張った流しではペットボトルのお茶が冷やされていた。取り出して稔へ投げてやる。受け取って一口飲んだ稔は、「今日は何も収穫はないけど、どうした?」と口を拭った。

「眞家早馬」

流し台に座ったまま、都は両足をぶらぶらと揺らす。

「あいつ、どうして調理実習室に寄こしたの?」

「迷惑だったかい?」

迷惑か迷惑じゃないかと聞かれたら、迷惑だった。日常的に家事をすると言ってはいたものの、包丁の持ち方も危なっかしく、野菜の切り方もまったく知らない。料理の「さしすせそ」も知らなければ、まともに出汁を取ったこともなかった。一人で料理をしていたときの方がずっと効率がよく、失敗もなかった。

「人手が増えたっていうより、できの悪い生徒を持っちゃったって感じ」

「いいじゃないか」

君だって、たまには誰かと料理がしたいんじゃないのかい? 笑いながらそう付け足し、稔はペットボトルのキャップを閉め、都へと投げ返してきた。下投げで大きな弧を描いたペットボトルは、都の両手にすんなりと収まった。

「別に、そんなことはないけど」

受け取ったペットボトルを流しに戻し、首を横に振った。

「俺にはそう見えなかったんだけど、余計なお世話だったなら悪かったね」

稔は、去年の担任だった。料理研究部の顧問でもあるので、都は一年生の頃から交流がある。稔のことはよく知っている。そして、稔も都のことをよく知っている。だからこうしてときどき、都でさえ見ないようにしていた心の内を、すっと指摘してくる。

「別に、一人は嫌いじゃないし」

「ああ、よくわかってるよ」

「父親も私のこと、放任してくれてるし」

別に、寂しくなんかない。そう言おうとして、言葉は溜め息に変わった。

「まあ、たまにはいいかな。他人と料理するのも」

自宅の台所は、広いけれど薄暗い。間取りが悪いのか、長く使っている照明が悪いのか、昼も夜も関係なく陰気で、気分が悪くなる。

調理実習室はいい。グラウンドに面した大きな窓からは日の光が射《さ》し込み、広々としていて明るい。運動部の練習する音や声も近くて賑《にぎ》やかな場所だし、冷蔵庫も大きい。コンロもたくさんある。食器や調理器具も多彩だ。

一人でも悪くないと思っていたけれど、一人くらいそこに仲間が加わっても、いいのかもしれない。

「あいつの気が済むまで、びしばし鍛えてやるよ」

それくらいの方が、張り合いがあって楽しいだろう。

「あいにく、俺は食べることしかできないからね」

その通りだ。稔が料理研究部の顧問としてやるのは、畑で取れた野菜を持ってくること。食器を出したり洗い物を手伝ったりするくらいだ。普通なら家庭科の教師が顧問をやるだろうに、数年前、料理研究部が休部になったついでに押しつけられてしまったのだという。

「今日、眞家早馬には畑を手伝わせなかったの？」

「今日は陸上部に行ってるよ」

「へえ、練習してるんだ」

「いや、マネージャーの手伝いをしてるみたいだ」

「まだ走れないのか、あいつ」

都の顔を見て、稔はいつもの柔和な表情のまま肩を竦めた。

「大会に出るのは無理かもしれないけど、走ることはできるはずだ」

「なのに、練習しないんだ」

しかも、すでに自分は陸上部を引退したという気分でいる。

「本来なら、体を徐々に競技に戻すためのトレーニングを積まないといけないんだけどね」

「詳しいじゃん。自分は百メートル以上走れないのに」

「これでも担任だからね。陸上部の顧問から、話は聞いてるよ」

眞家早馬も、気まぐれで都に料理を習いに来ているわけではないだろう。前向きなのか後ろ向きなのかわからないながらも、それなりの理由を持って、目的を持って料理ができる人間になりたいと願っている。料理ができる自分になることによって、今の自分から逃げたいと思っているのかもしれない。

それなら、多少なりとも手を貸してやってもいい。井坂都は、そう思った。

＊＊＊

表面の塗装が剝げて白い木材がうっすらと見える食卓には、ほくほくの白米をよそった茶碗、なめろうの盛られた小鉢、焼き海苔《のり》と、温めただし汁。グラスには冷たい麦茶。台所以外まったく電気の点いていないこの家では、まるで自分のいる台所のみが世界から切り離されたような不思議な感覚になる。自分で作った一人分の夕食を見下ろし、二度大きく頷いて都は椅子に腰を下ろした。

学校からの帰り道、夕飯の材料を買うために入ったスーパーで、鯵《あじ》が大量に並んでいた。そうか、もう鯵が旬な時期だ。鯵は年中取れるものだけれど、五月から六月にかけて取れる鯵は小振りで脂がのっている。冬の鯵は大きいけれど、美味しさは旬のものには劣ってしまう。

最近は稔の畑で取れた野菜ばかり料理していたから無性に魚が食べたくなって、鯵を買って帰った。塩焼きか、煮魚か、唐揚げか。鰺をどう調理しようか考えながら家に向かって自転車を漕《こ》いだ。

夕方になって風向きが変わったのか、帰宅途中の道は湖の匂いがいつもより濃かった。青臭く、生魚のようなねっとりとした匂い。それを嗅いだ瞬間、ひらめいた。そうだ、せっかく鰺を買ったんだ。火を通さず生でいただこう。刺身もいいけれど、せっかくだからなめろうにするか。家の冷蔵庫には、大葉もネギも生姜《しょうが》も味噌もある。

決まりだ。一人で笑いながら帰宅し、早速台所で鰺を三枚に下ろした。粗みじんにして、千切りにした生姜とネギ、味噌を加えてさらに叩く。大葉も細かく刻んで混ぜ込む。たったそれだけで滑らかな舌触りと薬味の利いた絶品のなめろうに仕上がる。

そして、ご飯に焼き海苔をちぎってのせ、その上になめろうをスプーンでひと掬い。なめろうをパリパリの焼き海苔、そしてご飯と共に口に入れると、白米の粘りけと合わさり、口中に鰺の風味が広がる。焼き海苔の食感もいいアクセントになる。

半分ほどなめろう丼を食べ終えたところで、温めただし汁を茶碗へ注ぐ。ご飯と焼き海苔がだし汁でひたひたになるくらいまで入れて、なめろうと共に混ぜる。しっかり混ぜたらなめろう茶漬けの完成だ。

近所の野良犬が吠える声がする。テレビもつけていない台所は、耳の奥に静けさが響いてくるようだった。それくらい静かで誰もいない家は、むしろ口の中の美味しいものに集中できて心地がいい。

都は、なめろうを大口で頬張った。新鮮な鰺の脂と、生姜と大葉のツンとした刺激、海苔の歯ごたえ、温かでまろやかな出汁。

「美味いなぁ」

私のなめろう。自分で自分を褒めながら、お茶漬けにしたなめろう丼をかき込む。出汁の風味がなめろうを包み、優しく温かく、体の中へ入ってくる。幸せを運んでくる。ご飯が美味しいという幸せを。幸せが近づいてくる足音は、もぐもぐ、しゃくしゃく、ごくごく、といった音をしていた。

その音は、都以外誰もいない一軒家に響き渡るようだった。誰もいないのはわかりきっているのに、それでも、この音は誰かを捜し求めるように暗い家を歩き回る。

そういうものだと、理解しているはずなのに、この家に人の声がちゃんと響いていた頃を思い出してしまう。だからなのだろうか。だから私は、眞家早馬を受け入れたのだろうか。自分の作った料理を食べてくれるだけでなく、一緒に包丁を持ってくれる人を、欲しがったのだろうか。

◆午前九時二十八分　八・三キロ地点　横浜駅大歩道橋◆

声援が聞こえる。前から吹きつける風の音がする。けれど一番よく聞こえるのは、自分の呼吸の音だった。乱れることなく一定のリズムで、体は吸って吐いてを繰り返す。

昨日の夜は、よく眠れた。今朝の目覚めもよかった。朝食は和定食をしっかり食べた。煮物に苦手なゴボウが入っていたけれど、ちゃんと食べた。胃の調子も悪くない。睡眠不足も感じない。スタート前のウォーミングアップでも、特に問題はなかった。

走り始めてからも、春馬は自分の体に問いを投げかけ続けていた。足は、腕は、肺は、心臓は、いつも通りか。何か問題は起こっていないか。これから続く長い長い道のりの中で、何かトラブルが起こる気配はないか。

しかし、今日の自分の体は恐ろしいほどに静かだった。

自分の前には先導の白バイとテレビの中継車が走っている。後ろは英和学院大学の助川と日本農業大学の藤宮。そしてそれぞれの大学の監督が乗り込んだ運営管理車が三人を追いかける。各大学の監督は、決められた地点でスピーカーを通して選手に指示を出すことができる。昔は指示を出せる地点が決められておらず、自由に声をかけられる時代があったらしい。もし今もそんな状態だったら、藤澤大学の仲谷《なかたに》監督は二十三・一四キロの間ひたすら怒鳴り声を上げていたかもしれない。一緒に走る他大学の選手だって堪《たま》ったものじゃないだろう。

一キロ地点では、仲谷監督は春馬に一キロあたり二分四十八秒で来ていることを伝え、「この調子で行け、先は長いぞ」とだけ声をかけた。英和学院と日農大の監督はそれぞれ、前を追えと二区を走るエースに指示を出した。監督、マネージャー、競技運営委員、走路管理員、そして運転手。大の大人でぎゅうぎゅうになった車内で、テレビ中継や各地に散った部員から情報を集め、難しい顔でこちらの背中を睨んでいる仲谷監督の顔が浮かんだ。

背後からはまだ藤宮の気配も、助川の威圧感もそれほど大きく感じられない。襷リレーをしたとき、自分と後続の差は十秒ほどあった。その差はまだキープできているようだ。

鶴見中継所を出発してからしばらくは国道十五号線、通称第一京浜をひたすら南下する。JR鶴見線の高架下をくぐり、横浜《よこはま》駅方面を目指す。平坦な道に、同じような風景が続く。アパート、コンビニ、ガソリンスタンド、マンション、またコンビニ。下見に訪れたときは毎度毎度単調な景色だな、などと思ったけれど、箱根駅伝当日は違う。その単調な風景の中に、大勢の観戦客がいる。各大学の幟が立っている。藤澤大学の幟だって、一体何本見ただろう。

二区のコースは鶴見中継所から十一キロ過ぎの保土ケ谷《ほどがや》駅までずっと平坦が続く。最大の難所は十四キロ付近から始まる権太坂《ごんたざか》。そして戸塚《とつか》中継所の三キロ手前、最後の最後に待ち受ける急勾配《きゅうこうばい》。前半で飛ばしすぎると、後半の上り坂を乗り切れない。だから走りやすさにも沿道からの声援にも浮かれることなく、春馬は極力ペースを抑えて走っていた。

助川と藤宮も前半は自分と同じく、後半に余力を残す走りをするつもりのようだ。

自慢ではないが、自分は駆け引きがあまり上手くない。走る姿から相手の思惑を見極め、体調や出方を窺うのは苦手だ。助川や藤宮の方が何枚も上手《うわて》。そこで相手を出し抜こうと躍起になっても仕方がない。ただ走る。自分の体と対話しながら、前へ前へ進む。

五キロ地点で、仲谷監督が運営管理車からまた指示を出した。指示というより、非常に乱暴な報告だった。

『イエゴが来るぞ』

イエゴ。その名前に、胸の奥がピンと緊張したような気がした。昨年の箱根駅伝でシード落ちとなり、十月の予選会から勝ち上がってきた紅陵《こうりょう》大学。二区のランナーはケニアからの留学生、ダニエル・イエゴだ。紅陵大学は一区では五位集団を走っていた。二区のスタートした段階では、自分とイエゴの差は恐らく四十秒ほどあったはずだ。

それをイエゴの奴、早々に詰めてきやがった。助川と藤宮だけでも厄介なのに、イエゴまで追ってきている。マスコミには「オレンジ色の風」なんて異名で呼ばれているけれど、そんな可愛いものではないと夏の関東インカレで思い知った。奴はオレンジ色の重戦車だ。さーて、困ったもんだ。思いとは裏腹に、自分の口角がにいっと吊り上がるのがわかる。そんな余裕があるのだ。どうやら今日の自分はすこぶる調子がいいようだ。

仲谷監督はイエゴと春馬のタイム差を伝え、『イエゴにつかれても余裕を持っていけ。お前は本番に強い』という言葉と共に、五キロ地点での声かけを終えた。その差は二十秒。

あー、怖い怖い。

後ろを走る助川と藤宮にも、紅陵大学のイエゴとのタイム差は仲谷監督の言葉から届いている。助川あたりは、イエゴが追いついてくる前に春馬もろとも引き離そうと考えるかもしれない。

第一京浜をひたすら下ると、横浜駅が近づいてくる。首都高の高架下に入ると日射しが遮《さえぎ》られ、幾分涼しさを感じた。一月の朝とはいえ、今日は気温が高くなるという予報だ。暑さが気になるわけではないが、それでも徐々に応《こた》えるようになるかもしれない。

頭上を走っていた首都高がうねるようにカーブし、横浜駅と駅前のビル群の間を突き抜ける。駅前では大勢の観戦客が旗を振っていた。藤澤大学の名前を呼ぶ声が聞こえた。眞家春馬、と自分の名前を呼ぶ声もした。正月だっていうのに、いや、正月だから。正月だから、こんなに人が来るんだ。一人のランナーの走りなんて、沿道じゃあ一瞬しか見えないのに、それでも寒い中を歩道に立って、旗を振って、選手を応援する。

昔から、沿道や観客席からの応援は嫌いじゃなかった。声援が多ければ多いほど、自分は調子にのれる人間なのだと思う。往路と復路合わせて二百十七・一キロメートルの間、声援の途切れることのない箱根駅伝は、自分にはぴったりのレースだった。

藤澤大の幟が見えた。整然と並ぶ藤色の幟は複雑に折り重なるビル風にはためきながら、ごーごーと音を立てる。その風に、微かに潮の香りが混ざった気がした。そうだ。横浜って、海に近いんだ。漠然とそう思う。普段は二子玉川《ふたこたまがわ》にあるキャンパスの寮で生活しているから、この匂いはなかなか経験がない。

駅前を抜けると頭上の首都高に別れを告げ、ＪＲ根岸《ねぎし》線のガード下をくぐる。そこで初めて、背後が気になった。後方に英和学院大学の助川、そして日本農業大学の藤宮がいるのはもちろん承知していたけれど、彼らがどうやら動き始めたようだ。もしかしたらその後ろから紅陵大学のイエゴが来たのかもしれない。オレンジ色のユニフォームと襷を揺らし、引き締まった太腿《ふともも》と膨《ふく》ら脛《はぎ》を前後させながら、自分達を追ってきたのか。

二人分の足音が、ぐんと近づいてきた。どちらが前に出たのだろう。助川だろうか、藤宮だろうか。助川な気がする。あの人は、心配事は早々に潰しておきたいと考える人だ。さっさと自分に追いついて、権太坂で春馬を振り落とそうと画策しているのかもしれない。それに藤宮も負けじとついてきたのだろう。

やってやろうじゃんか。

助川も藤宮もイエゴも、全員まとめてかかってこい。

背後の足音を、助川と藤宮の気配をひしひしと感じながら、春馬は一度目を閉じた。開けたら、視界の隅に助川の姿が微かに映った。センターライン寄りに自分に並び、こちらに一度として視線を寄こすことなく、抜いていった。

ピーマンの肉巻き　～眞家早馬～

「出た、眞家の彼女」

売店で昼食用のパンを買い込み、教室へ戻るために中庭に出ると、ビオトープ近くのベンチに見知った顔を見つけた。その顔を見て、早馬より早く友人の藪木《やぶき》の方が声を上げた。

「違うっての」

肘《ひじ》で藪木の脇腹を小突く。ラグビー部である彼の体はその程度ではびくともしなかった。眞家早馬が放課後に女と二人っきりで料理を作っている、という話はあっという間に三年生の間では有名になった。広めたつもりはないけれど、自然といろんな人間に目撃されていたらしい。

「本当、眞家が井坂みたいな子が好きだとは思わなかった」

「だから違うって」

早馬と違って、藪木は井坂都という女子生徒のことをよく知っていた。一年のとき、同じクラスだったのだという。

「男っぽいってわけでもないけど、決して女らしいってわけでもないよな」

だが料理はびっくりするくらい上手だぞ、と言おうとしてやめる。ますます囃《はや》し立てられる気がした。

どんな理由があろうと男女が二人っきりで放課後に料理をしていることには変わりないのだから、調理実習室以外では極力彼女には話しかけないようにしていた。眞家早馬と井坂都が付き合っているという噂が囁《ささや》かれ出してから一層、注意してきた。

「おーっす、眞家早馬」

こちらに気づいた都が手を振ってくる。向こうは早馬ほど、周りの目に頓着がないようだった。

「また昼飯にそんなもの大量に食ってるのかよ」

早馬の両手で山を作る菓子パンと総菜パンを指さし、馬鹿にしたように笑った。藪木が目と口を半月状にして、にししっと笑いながらこちらを見てきた。わずかに肩を竦めて、都に「おーう」と返事をする。すると彼女は食べかけの弁当箱の蓋《ふた》を閉じ、一緒にいた友達に一言断りを入れ、ボレロの胸元を飾る紐リボンを揺らしながら早馬のもとへやってきた。早馬の手に抱えられたパンを一つ一つ確認して、最後に早馬を見上げる。

「あんた、昼飯ってこんなのばっかり食べてるの?」

「朝と夜はちゃんと作ってるよ」

「弁当持ってくればいいじゃん」

「この間、煮物を密封容器に入れて持ってきたら、汁がこぼれて数学と古文のノートがご臨終した」

「馬鹿」

都と一緒になって、その場を目撃していた藪木も笑う。

「今度、弁当作るか」

「弁当？」

「そうそう。美味い弁当の作り方、教えてやるよ。そんでもって、あんたよりやばい昼飯食ってる弟にも食わせてやれ」

「そんなやばいもの食ってるのか、うちの弟」

「さっき、購買から棒ジュース咥えて出てきたぞ。手にポテチ持ってたし。あんたとそっくりの顔だからすぐわかった」

うちの高校、購買に棒ジュースなんて売ってたんだな。がはっと都は笑い飛ばすが、早馬にとっては笑い事ではない。いくら春馬でも、もう少しまともな昼飯を食べていると思ったのに。

「弁当、か。いいかもな」

「じゃあ、決まりだ」

明日から、な。早馬の肩を叩いて、都は元いたベンチへ戻っていく。先に弁当を食べ終えて待っていた友人に「雨貝《あまがい》、お待たせ」と片手で謝罪して、再び弁当箱を開けた。

「私の作る弁当、マジ美味いから！　覚悟しとけよ」

そう言って、食べかけの弁当を早馬に向かって掲げてみせる。隣に座る雨貝という女子がそれを肩を揺らしながら見る。弁当箱の中に詰め込まれた赤、黄色、緑、白、茶色、ピンクの美しい彩りが、不味《まず》いものであるはずがなかった。

美味そうだな。そう素直に言いたかったけれど、無性に悔しい気分になった。

「井坂って、どうしてそんな乱暴な喋り方するわけ?」

悔し紛れにそう言ったが、笑い飛ばされた。

「強そうでいいだろ?」

＊＊＊

翌日、調理実習室へ向かおうとした早馬を、わざわざ都が教室まで迎えに来た。藪木を始めとした噂を信じている連中がざわめいたが、都はわざとなのか無自覚なのか、気にする素振《そぶ》りもなく教室に入ってきて、早馬の襟首を摑んだ。

「お迎えなんて珍しいじゃない」

焦って声を荒らげるのも癪《しゃく》な気がして、そして周りの思う壺な気がして、努めて冷静に振る舞った。藪木が手を振ってくる。振り返しながら、都の手を振り払った。

「買い物行くから。弁当を作ろうとしてるんだから、まず弁当箱が必要だろ」

どうせちゃんとした奴、持ってないんだろ? そう聞こえてきそうな表情で、都はにっと歯を見せる。

「お察しの通りですけど」

「やっぱりな。じゃあ、決まりだ」

早馬より一歩も二歩も先をずんずんと歩きながら、都は勝手に話を進める。こちらを振り返ることもせずそのまま駐輪場まで行って、自転車の鍵を外した。

「あんた、バス通学だっけ？」

「おう」

「じゃあ、乗せてやるよ」

真っ赤なフレームの自転車。その荷台を右手で叩いて、都はサドルに跨がった。

「俺が漕ごうか」

「舐《な》めるな。毎朝毎朝、坂を上って登校してんだ」

途中で音を上げたら代わればいいと思い、荷台に腰を下ろした。跨がって都の胴に腕を回す気にはなれず、横乗りの状態で荷台の縁を摑む。

「なんだ、その女々しい乗り方。立ち乗りすればいいじゃん」

「車輪に足が巻き込まれそうで怖い」

大袈裟かもしれないけれど、本当に怖い。スポークとスポークの隙間に足を挟んだらと思うと、身震いがする。

両足をタイヤから大きく離すと、まるで足上げの筋トレでもしているようだった。それでも構わず、都に「行っていいぞ」と声をかける。

「アスリートは大変だね」

そう言われて、よくよく考えたらもう足を怪我しようとどうだっていいじゃないか、と思った。

「違うよ」

そのあとに何か言葉を続けようと思ったけれど、やめた。

校門を出て坂を下ったあと、自転車は駅に向かって線路脇をのろのろと走った。駅前の上り坂でギブアップするかと思ったら、都は顔色一つ変えず立ち漕ぎで坂を上っていった。凄いな、と思わずこぼすと、都は「凄くない」と笑ってみせた。

「あんた、軽すぎるんだよ。本当に高三かよ」

やっぱり長距離やってる奴は、無駄な筋肉も脂肪もなくて軽いのな。そんなからかいの言葉を適当に受け流していると、遠くから足音が聞こえてきた。前を見ると、練習着を着た陸上部の面々がこちらに向かって走ってくる。線路沿いの車通りのない道。学校の裏門をスタートとゴールとする、起伏のあるコース。この道を練習で使うのは、長距離チームの連中だけだ。

顔を背けるのも情けない気がして、平静を装った。先頭を走っていた長距離チームキャプテンの助川が通過していく。早馬に気づいたようで、思い切り目が合った。何か言いたそうな視線だけを寄こして、そのまま走り去る。その瞬間、無意識に俯《うつむ》いてしまった自分に気づいた。彼に見られたことが堪らなく嫌だった。恥ずかしく情けなく、悔しかった。

助川に続いて何人もの部員が通過する。早馬に気づいて「お疲れさんです」とわざわざ会釈までしてくれる奴もいた。そのすぐあとに、春馬が来る。地面を蹴る足を見ただけで、それが春馬だとわかった。二年生チームから頭一つ抜け出した形で、しっかり三年集団についている。

静かに顔を上げると、春馬がこちらを見ていた。じっと、まるで睨みつけるように。部活にも来ず、女子生徒と自転車に二人乗りしてどこかへ行く兄貴を軽蔑する目。早馬には、そう見えた。

口元が、言葉を発しようと開かれる。

それを振り切るようにして、早馬と都を乗せた自転車はショッピングセンターを目指してスピードを緩めなかった。

研ぎ終えた米を炊飯器にセットした都は作業台に広げた食材を確認し、黒板へ向き直った。普段はこんなことしないのに、今日は黒板に献立とレシピがぎっしり書かれている。学校の近くのショッピングセンターで弁当箱を買って、ついでに食材も買い足した。都と選んだ――正確には彼女が勝手に選んでレジへ持っていかせた弁当箱は三つ。早馬と春馬と父の分で三つ。揃いのものではなく、早馬の弁当箱が一番大きく、春馬のものが一番小さい。この四角い弁当箱の中に七つもの料理が詰め込まれると考えると、今日の料理は骨が折れそうだった。今までは一日に精々二、三品しか作っていないから、一品当たりにかける時間だって短くなるだろう。

黒板に書かれたメニューは、ちりめんじゃこと大根の葉のご飯。細切りピーマンの豚肉巻き。人参のグラッセ。長芋の醤油和《あ》え。インゲンのソテー。卵焼き。リンゴ。

「始まる前からそういう顔しない」

都が早馬の顔を指さす。

「そんな顔って？」

「俺には無理そうだな、って顔。品目は多いけど。手間がかからないのを選んでやったから」

まずは野菜を切るからと、早馬に割烹着を差し出した。袖を通しながら、まな板と包丁を準備した。

「人参のグラッセは時間がかかるから、最初にやるぞ」

早馬が二本分の人参をピーラーで剝き、向かいで都がインゲンを刻んでいった。人参は三等分したら、さらに縦に半分に、それをまた縦に三等分。一口サイズにしたら、バター、砂糖、蜂蜜、水と一緒に鍋に入れて弱火にかけ、そのまま二十分放置する。

「次、長芋やって」

インゲンを刻み終えた都は椅子に座ったまま、早馬にそう指示を出す。

「時間かけ過ぎると手が痒《かゆ》くなるから」

「怖いこと言うなよ」

長芋にピーラーの刃を立てようとしたとき、都がキッチンペーパーを投げて寄こした。

「素手だと滑るから」

「了解」

言われた通りにキッチンペーパーの上から長芋を掴んで、ピーラーで剝いていった。輪切りにしたらまな板の上に立てて、極力触らないように短冊切りする。海苔を手でちぎってまぶし、醬油を一回ししたらもう一品完成してしまった。

「次、大根の葉とじゃこな」

どうやら、今日の都はほとんどの作業を早馬一人にやらせる気のようだ。

先日大根と豚肉の炒め物を作ったときに余った大根の葉を刻み、じゃこと一緒に少量の油で炒めた。じゃこの塩気が出るからと、味付けは醬油とだし汁を少々。五分とかからずご飯に混ぜ込む具材が整った。

「自分の料理に感心してないで、次は卵」

都に言われるより早く、卵を三つ手に取る。厚焼き卵が焼けるまで、都は何も言わず早馬の手元を見ていた。卵焼きは慣れたものだ。都から料理を習い始めてもうすぐ一ヶ月。一体何十個作ったことか。

「あんたの弟、幼稚園児みたいだよね。献立考えてるとき、心底思ったよ」

ピーマンの細切りに入ったとき、頰杖《ほおづえ》を突いた都が大きく溜め息をついた。

「野菜駄目、根菜も駄目。人参は甘く煮て、ピーマンは肉で巻いて濃いめの味付けで苦味をごまかして。幼稚園児の野菜嫌いを克服するためのレシピだよ、こんなの」

「人参は食べるだろうけど、ピーマンはわからんな」

「はぁ？　これでもNGなわけ？」

「ピーマン、かなり嫌いな部類だから」

「甘辛くするか肉と混ぜるかでなんとかなると思うんだけどなぁ」

「偏食を克服させてくれる人、いなかったんだよ、うちに」

ピーマンを刻み終え、豚肉をパックから取り出す。細切りにしたピーマンを豚肉で巻く手を休めることなく、早馬は続けた。

「母親は大昔に死んでるし、父親は仕事だから、飯担当は祖母さんだった。祖母さんは春馬に甘くて、好き嫌いが多くても全部許してた」

「兄貴のあんたはなんでも食べるのに？」

「俺は、食えるものならなんでも食う奴だから」

すべてのピーマンを豚肉で巻き終えたら、熱したフライパンに油を引いて、形を崩さないように並べて焦げ目をつける。味付けはみりん、酒、醬油、砂糖。ピーマンの苦味が際立たないよう、濃いめの味付けにする。

「ピーマン以外に人参とか、茸を巻いてもいいから。弟の嫌いなものを全部巻いてやれ」

「ピーマンが上手くいったら試してみる」

「味付けは、面倒なときは焼き肉のタレをぶっかけるだけでもいい」

調味料の数は多いが、今ではお馴染みとなった組み合わせだからそこまで苦ではない。

作業台に置かれていたキッチンタイマーが鳴った。人参のグラッセが完成したようだ。

フライパンを気にしつつ、鍋の蓋を開ける。蜂蜜と砂糖の甘い香りが湯気と一緒にふわりと舞い上がった。ああ、これは、春馬の好きな味だ。匂いで確信する。

焼き上がったピーマンの肉巻きを皿によそって、同じフライパンに都が刻んだインゲンを投入する。肉巻きの付け合わせという位置づけだから、味付けはシンプルに、塩コショウのみ。

インゲンのソテーができ上がるのと同時に、炊飯器のアラームが鳴った。熱々のご飯をボウルによそって、先程作った大根の葉とじゃこを混ぜ合わせる。ただそれだけで、綺麗な緑色の主食が完成した。

しゃもじを片手に、早馬は大きく息をつく。

「終わった」

「お疲れさん」

弁当箱の蓋を開けながら都が笑う。「ほーら、品目は多くても、やってみたら案外作れるだろ？」と。

「さあ、あとは楽しい楽しい盛りつけだ」

先程、スーパーで弁当用のアルミカップや仕切りも買ってきた。弁当箱は早馬も春馬も父も二段式のものにしたので、下の段に大根の葉とじゃこのご飯を詰める。しゃもじに少し力を入れて、押しつけるようにしながら。

「上の段にはまず主菜を入れて、長芋はアルミカップに入れた方がいいな」

都に言われた通りに肉巻きと長芋を詰めて、空間を埋めるように卵焼きと人参のグラッセ、インゲンのソテー、リンゴも詰めていく。持ち運んでも一方に寄ったりしないよう、きつめに、ぎゅうぎゅうに。

「……できた」

作っているときは気づかなかったけれど、ご飯の白と緑、人参の赤、卵の黄色、肉巻きの茶色、長芋の白、インゲンの緑。リンゴの赤と黄色。それが弁当箱の中に敷き詰められると、適当に隙間を埋めただけなのに色彩豊かで食欲をそそる見た目になる。

「さーて、摘み食いするか」

三つの弁当箱を見下ろしたまま黙り込んでいた早馬に、都は余ったおかずとご飯がちょっとずつ盛りつけられた皿を差し出した。盛りつけに夢中で気づいていなかったが、彼女は茶碗を使ってご飯をドーム型に盛り、おかずを一枚の皿にすべてトッピングしていた。見た目はお子様ランチさながらで、ご飯の上に国旗のついた爪楊枝《つまようじ》を刺したら完璧だ。

「ガキんちょ舌の弟には、こうやって盛りつけて食わせるのもアリかな」

弁当箱に蓋をしてバンダナで包み、都の作ってくれたお子様ランチに箸を伸ばしてみる。迷い箸はいけないとわかっていても、皿の上で何から先に食べようか考えてしまった。

「どうなのかな。見た目の楽しさで嫌いなものとか、食べられるのかな、あいつ」

これまで眞家家の食卓に並んでいたものは、何もかも無造作にフライパンや鍋から大皿に盛ったものばかりだったから。

「あと、どうしてもピーマンが食えないって言うなら、次から赤ピーマンかパプリカにしてみろ」

「なんで?」

「緑のピーマンが熟すと赤ピーマンになって、甘みが強くなるんだよ。パプリカも緑のピーマンより甘いし、ガキんちょ舌の弟にはちょうどいいかもな。あと、ピーマンもパプリカもビタミンCたっぷりで、しかも火を通しても破壊されない。いいこと尽くし」

濃いめのタレが絡んだピーマンの肉巻きを丸々一つ、口に押し込んだ。唇の端にタレがつく。醬油とみりんの甘みが広がって、豚肉の脂が舌にじんわりと染みる。春馬が嫌だ嫌だというピーマンの苦味も、タレの甘さを引き立てた。

「参ったなぁ、美味い」

「自分で自分の料理に、何言ってんのさ」

「あんただって、自画自賛するだろ」

「するか、そんな恥ずかしい真似」

溜め息をあえて大きくついてやった。諦めてじゃこと大根の葉のご飯をかき込む。肉巻きの味が濃い分、あっさりとしていて食べやすい。

「私としたことが、ちょっと甘すぎたかな、人参」

「俺は好きだよ、この味」

春馬は、人参は甘い味付けにしないと食べない。洋菓子のような舌に染み入る甘みを含んだ人参は、あいつが絶対好きな味だ。牛乳を多めに入れるクリーム色の卵焼きは、もはや食べ慣れた味と食感で、インゲンのソテーと一緒に食べると甘さが際立つ。最後に長芋の醤油和えをご飯にのせて食べれば、夕飯前なのに満腹感が全身を満たした。

バンダナに包まれた春馬と父の弁当箱を傾けないように紙製の手提げに入れると、都が向かいで余ったリンゴを剝き出した。大きな包丁を器用に細かく動かし、皮で耳を作ってウサギの形にする。

「食う？　デザート」

ウサギの形をしたリンゴを一つもらい、囓りながら調理実習室を出た。

廊下の窓から、畑仕事をする稔の背中が見えた。体をぐっと曲げ、畝に水をやって回る。最近は帰りのホームルームのあとに、「ちょっと付き合ってくれよ」と肩を叩かれていない。

囓りかけのリンゴを咥えたまま、早馬は生物準備室を通り抜けて畑に出た。ドアの軋《きし》む音に、稔は顔を上げて振り返った。

「美味そうなもの持ってるな」

早馬が右手に持った紙袋を指さしてくる。そもそも食べ物が入っているかなんてわからない外見のはずなのに、稔は中身が食べ物であることを見抜いたようだった。

「上からいい匂いがしてたから、いい頃合いで覗きに行こうと思ってたんだけど、そっちが先に終わっちゃったみたいだな」

稔はときどき畑で取れた野菜を手に、「差し入れです」と言いながら調理実習室に料理をたかりに来る。

「今日の献立はなんだったんだ」

「弁当です。ピーマンの肉巻きとか、卵焼きとか人参のグラッセとか」

「へえ、いいな。行けばよかった」

タイル貼りの流し台に腰掛け、手拭いで額と頭を拭った稔は、ふう、と大きく息を吐き出した。

「井坂とは、上手くやってるのか」

「毎日貶《けな》されながら」

包丁の持ち方とか、野菜の切り方とか、調味料の計量の仕方とか。「どうしてそんなことができないんだ」と、毎度毎度呆《あき》れられている。

「眞家も畑仕事より、家で使えるだろ、料理の方が」

「まあ、確かに役立ってますけど」

「そりゃあ、よかった、よかった」

井坂も、一緒に料理できる人ができてよかっただろうよ。水道に溜めた水で冷やしていたペットボトルのお茶を一口飲んだ稔は、そう言って笑った。一緒に料理をする人ができたと言っても、手際も悪く足しか引っ張っていない早馬は、彼女の作業の邪魔しかしていないのだけれど。

「彼女、一年の頃はもっと意地っ張りで手を焼いてたんだけど、最近は素直になって驚いてるよ。眞家の影響かな」

「毎日怒ってる割には、追い出さないでくれてるんですよ」

一度引き受けてしまった以上、易々《やすやす》と投げ出せないと思っているのだろうか。いや、井坂都はそんな奴じゃない気がする。

「いいのさ、別に眞家がお湯も沸かせないような奴でもなんでも。井坂は、今は誰かと料理をした方がいい」

「どういうことですか」

聞いてしまってから、やっぱりやめればよかったと思った。稔は表情を変えず、もう一口お茶を飲む。喉を鳴らして飲み込むと、ゆっくりと、早馬を見た。流し台に腰掛けているので、こちらを見上げる形になる。

「眞家が陸上部に行きたがらないのと同じで、井坂も彼女なりの問題を抱えてるんだよ」

言葉に詰まって、喉の奥が「ぐえ」と鳴った。卑怯《ひきょう》だ。稔は、卑怯だ。突然こうやって、こちらが一番出されたくないと思っているものを、さっと目の前に、目と鼻の先に突きつけてくる。

「だから井坂は、今は眞家と料理をしていた方がいいんだよ。彼女、ちょっと口が悪いけれど、眞家は優しいし、短気を起こさず付き合ってやってくれよ」

さて、そろそろ俺も終わろうかな。言いながら立ち上がった稔の背中に続いて、早馬は生物準備室へと入っていった。

手に持ったまま忘れていた食べかけのリンゴを、口に放り込んだ。


「は？　これ夕飯？」

「晩ご飯、これなの？」

風呂上がりの春馬と、仕事から帰ってきたばかりの父が、台所で声を揃えた。食卓に並んだ三つの弁当箱を見下ろし、そしてコンロの前に立つ早馬を見る。

「そう。冷めてるけど美味いぞ」

作り置きしているだし汁を火にかけ、とろろ昆布を加えて即席のお吸い物にして弁当箱の横に置く。食器もほとんど出す必要がないので、早馬は一足先に椅子に座って「いただきます」と合掌した。

怪訝《けげん》な顔をしながら、父と春馬も椅子を引く。早馬が自分の弁当箱の蓋を開けると、父が「へえ」と声を漏らした。

「綺麗な弁当だこと」

「だろ？」

緑、赤、白、茶。彩りは申し分ない。それに釣られるようにして箸を取った父に反し、春馬はしばらくその場に突っ立って、自分の分の弁当箱を見つめていた。

「食えよ。自分で言うのもなんだけど、マジ、美味いから」

五分ほどで作ったお吸い物を啜る。とろろ昆布が優しいとろみをつけてくれて、これまた美味かった。思わずほころんだ自分の顔を見て、春馬が顔を顰《しか》めたことに気づいた。

「春馬、この肉巻きピーマン、本当に美味いぞ。お前でも多分食えるよ、これ」

父が肉巻きを箸で摑んで春馬に見せる。「えー」と不満そうな声を上げながら椅子に腰を下ろした春馬に、早馬はなぜだか安心した。

「人参、甘く煮てあるから、安心して食っていいぞ」

そう勧めると、春馬は何も言わず人参のグラッセに箸を刺した。一口齧り、一回、二回、ゆっくり嚙む。

「本当だ」

吐息をこぼすように、そう笑った。

「ピーマンの肉巻き、食えなかったら今度は赤ピーマンかパプリカで作ってやるから」

「赤ピーマン？」

「緑より、甘いんだってさ」

「ていうか、ピーマンとパプリカって違うものなんだね」

「らしいな」

糸を引く長芋を弁当の縁で啜りながら、父は満足げにお吸い物に手を伸ばした。

「これもあれだろ？　例の料理研究部の子と一緒に作ったんだろ？」

一瞬、春馬が箸を止めて眉間に皺《しわ》を寄せた気がした。

「そうだよ。今日は品数が多くて大変だったけど、結構上手にできたと思う」

「本当に付き合ってないのか？　その子と」

こちらをからかう声色で、父が唇の端をピン、と動かす。「違うよ」と静かに言って、笑ってみせた。

「父さんは料理上手な大和撫子《やまとなでしこ》を想像してるかもしれないけど、全然、そんなじゃないから。毎日罵られてるよ」

そうは言ってもスカートが極端に短いとか、髪の毛を染めているとか、そういうわけではない。パーマもかけておらず、スカートに至っては平均より長いくらいだ。でも、くっきりとした目鼻立ちをしているから地味な印象ではない。黙っていれば可愛いだろうに。

「なのに料理は上手いんだから、詐欺《さぎ》だよな」

その言葉をどう受け取ったのか、勝手に変な方向へ解釈したのか、父はへへへっといやらしく笑って、「ごちそうさま」と両手を合わせた。美味かったぁ、なんて言葉までセットでついてきて、ついつい嬉しくなる。

「明日から、弁当作ろうと思うんだ。父さんも持っていく？　一応、弁当箱は買っておいたから」

「そうだな。この味なら持っていきたいかな」

「じゃあ、明日のおかずも楽しみにしてて」

春馬は？　そう言って彼の方を見ると、ピーマンの肉巻きを、わずかに口元を歪めながら咀嚼していた。

「洋風のもの食いたいって言ってただろ？　今度、井坂に教わってくるから」

「井坂って言うんだ、料理研究部の人」

都の名前を口走ってしまったことを少し後悔しながら、頷く。

「井坂都。口も態度も悪いけど、料理は上手い」

「へえ」

面白くない、という顔で、春馬は最後の肉巻きを口に入れた。素早く飲み込んで、箸を置いた。弁当箱は空になっている。人参はもちろん、ピーマンも長芋も、ちゃんと食べ切っていた。

作った甲斐《かい》があった。都に料理を習い出してから初めて、そんな思いが込み上げてきた。

父が台所からそのまま風呂に向かい、春馬がその場でテレビを見始めた。

早馬は三人分の弁当箱を洗いながら、明日の朝食と弁当のことを考えた。キャベツとしらすが残っているから、明日の朝はそれを炒めよう。

弁当のおかず用にと、都からはレシピの書かれたノートを借りてきた。無駄な装飾のないレシピは、早馬にもわかりやすい。

明日はウインナーと玉ねぎの炒め物、今日と同じ人参のグラッセ、ほうれん草のおひたし、大根サラダと決めて、学校帰りにスーパーで買い物もしてきた。夜のうちにほうれん草のおひたしと人参のグラッセを作っておこう。

「――兄貴、太ったな」

都のノートを片手に再び台所に立った早馬の背中に、春馬の声が飛んでくる。食卓に頬杖を突いたまま、彼はきっとこちらを流し見ている。

言葉の裏にある皮肉も、不信感も、重々承知している。聞きたいことがたくさんある。けれど、聞いてしまうと後戻りができなくなるのをわかっているようだった。

だから振り返らなかった。ほうれん草を水道で洗う音で聞こえなかった。そういうことにした。

肉いっぱい甘口カレー　～眞家春馬～

痛い。

「痛い痛い痛い、待って、ギブ、ギブ、ギブギブ」

背中を押してくる大川《おおかわ》に向かって叫び、春馬は開脚していた足を閉じた。内太腿を摩《さす》りながら、大川を睨みつける。負けず劣らず凄みを利かせた目で、彼も春馬を見下ろしていた。

「そんな強く押してねえし、お前、硬すぎだろ」

「痛いもんは痛いんだから、しょうがないだろ」

毎日、ジョギング後にはコンクリートの通路にマットを敷いてストレッチをする。ただでさえ自分の体は硬い方だというのに、同学年の大川は容赦《ようしゃ》がない。腰を下ろしたまま足を組み、六千メートルのジョギングを終えたばかりの足首をぐるぐると回して、負荷のかかった足をしっかり労《ねぎら》ってやる。

「助川先輩に言いつけるぞ、眞家弟がジョッグ後のストレッチ、サボってますって」

「勘弁して」

陸上部長距離チームのキャプテンである助川が、春馬は大の苦手だ。自分に厳しく他人にも同じくらい厳しい。冗談が通じない。高校入学から一年と二ヶ月、何度あの人に「へらへらしてんじゃねえ」と怒られたことか。

本当、よく早馬はあの人と仲よくやっている。

短距離チームが一直線に百メートルコースを駆け抜けていくグラウンド、いつもストレッチをする体育館裏の通路、部室前のベンチ。兄、眞家早馬のいない風景を眺めていたら、自分の視線が自然と助川へ向いていくのがわかった。ストレッチを終えた彼は、早々に日陰になった通路から出て日の照る土の上を歩いていく。その後ろ姿に、春馬は幾分の寂しさを感じてしまう。

「なあ、眞家先輩、来ないのかな、今日」

マットに寝そべり、自分の太腿をストレッチしながら大川が言う。三日連続休みなんて、初めてじゃないか？　とも付け加えた。

「来ないみたいだな」

溜め息を、ぐっと堪えた。

「真木先生のところにでも行ってるんじゃないかな」

陸上部の長距離チームには大きな大会が年に二回ある。夏のインターハイと、秋から冬にかけて行われる駅伝。早馬が膝を故障したのは去年の秋、ちょうど、全国高等学校駅伝競走大会の関東大会が行われる直前だった。右膝を剝離骨折。それを聞いたとき、体に太い刃物を二本、突き立てられたような気がした。ランナーにとって大事な大事な足を、それも膝を怪我した。しかも、剝離骨折。普通の骨折と違って、筋肉に引っ張られた骨が、靭帯《じんたい》から離れてしまう骨折。ただの骨折より治るのに時間がかかる。

膝を手術して、リハビリをして、日常生活が送れるようになったのが春先。部活に出ることを許されてからも、早馬は他の陸上部のメンバーとは合流せず、一人別メニューをこなしている。真木クリニックで先生の指導のもと、リハビリにも取り組んでいる。故障してからの半年間、ずっとそうだった。ギプスは取れたし、軽い運動をするのも許可が出た。少しずつ走る距離を延ばし、体に負荷をかけ、怪我をする前の感覚を取り戻す。そうやって徐々に早馬は競技に戻ってくる——はずだった。

なのに、五月に入ってから、早馬のそんな生活に新しいものが、余計なものが加わった。足首を摑んでいた右手にぎゅうっと力を込めたとき、顧問の号令がかかった。弾かれたように、春馬も他の部員達と一緒にグラウンドへと戻った。このあとは、千メートル走と二百メートルのジョギングを交互に十本行うインターバル走だ。千メートルを四分以内で走ることが目標。二百メートルのジョギングは休憩時間だから、一分三十秒程度までペースを落とす。

この練習が春馬はあまり好きじゃない。インターバル走は、遅すぎても速すぎてもいけない。ホイッスルの音で走りがぶつ切りにされ、どうにもやりにくい。

ホイッスルの甲高い音と共に、助川を先頭にして長距離チームの一段が走り出す。マネージャーがストップウオッチ片手にタイムを計り、顧問も後ろから部員達についてくる。メガホンを手に、今行っているトレーニングがどういったものなのかを、うんちくを交えて解説する。徐々にそれを聞く余裕もなくなってくるのだが、最初は自然と耳に入ってくる。短い距離を全力で走って、ジョギングして、また全力で走る。そうやることでお前達の心臓とか肺とかは強くなっていくんだ。ちなみに高橋尚子《たかはしなおこ》はなぁ……、そんな具合に。

乾燥しきった土をランニングシューズでリズミカルに踏みしめながら、四人の三年生を挟み前を行く助川の背中を、春馬はじっと見ていた。この人は、早馬が三日も部に顔を出さないことを、どう思っているのだろう。

この間、放課後に早馬が女子生徒と自転車に二人乗りしてどこかへ行くのを、助川も自分も目撃した。

あの日は早馬は真木先生のところへ行く予定の日だったはずだ。約束の時間までを潰していたのかもしれないけど、でも、あれはないと思う。教室で帰宅部の連中とだらだら過ごすとか、駅前の本屋で適当に立ち読みをするとか、そんなだったら別に構わない。ただ、女子と過ごしているだなんて、同じ部の連中からしたら、印象が悪いに決まっている。事実、あの日以降、大川のように早馬が部活に来ないことを、練習に参加しないことをとやかく言う奴が目につくようになった気がする。

ホイッスルが鳴る。二百メートルのジョッグだ。いきなりペースを落とすと足に負担がかかってしまうから、ゆっくりゆっくり、ペースを落としていく。

早馬はあの女子生徒と、ときどき調理実習室で料理をしているらしい。道理で最近、家でやたらと自炊をするようになったと思った。短い期間で料理の腕も上がって、美味しいものを作るようになった。でも、そんな兄の姿を見るたびに、どうしても、言いたくなる。

あんたは、そんなことをしている場合じゃないだろう。

＊＊＊

「欲しかったなぁ、あれ」

帰り道、早馬はずっとそう繰り返していた。いい加減にしてくれと、春馬は大袈裟に溜め息をついてみせた。バスの通る県道から、車がほとんど通らない市道に入り、道の真ん中を広がって歩いた。夕日が背後に回って、二人の影を細長く延ばす。

「何回目だよ、しつこいって」

「だって、あれがあれば豚の角煮が家で作れるぞ。普通に作ったら四時間くらい煮込むんだから。お前も食いたいだろ？」

「悪かったな、俺の運がなくて」

だからこうやって荷物持ちをしてるだろ。食材の入ったレジ袋を両手に提げたまま、春馬は鼻を鳴らした。月曜からの数日分の食品を近所のスーパーまで買いに行ったら、千円ごとに一回できる福引きが行われていた。六千円分買い物したので六回、抽選器をガラガラと回すことができる。試しに一人二回ずつ回してみると、春馬は六等を一回、四等を一回出した。景品はラップと缶ジュース一ダースだった。早馬は二回とも八等のポケットティッシュだった。今日は俺の方が運があるから、と残りの二回は春馬が回した。けれど抽選器から出てきたのは白の玉で、ポケットティッシュが増えただけだった。

春馬は一等の温泉旅行、もしくは二等の商品券五万円分を狙ったのだけれど、兄が欲しがったのは三等の圧力鍋だった。

対面通行の道路の中央に転がっていた小石を蹴ると、前から「拗《す》ねるなよ」と声が飛んでくる。拗ねてなんてない。三年生に上がってから、どんどんどんどん主婦のようになっていく兄に、心底呆れているだけだ。

レジ袋を右手に提げて歩く兄の背中を、春馬はじっと見つめた。足を引きずっていたり、歩くときの姿勢が悪いというわけでもない。ちゃんと歩いている。それでもまだ、兄は競技に戻れない。手術とギプスをつけての生活のせいで、兄の足は走るための足でなくなってしまった。筋力も落ちて、元に戻すまでには時間がかかるだろう。

家に到着すると、玄関横のポストに結構な量の郵便物が入っているのに気づいた。早馬は気づかない様子で、そのままレジ袋を抱えて家に入っていく。玄関に一度レジ袋を置いて、春馬はポストを開けた。ダイレクトメールやチラシに混じって、重量感のある大きな封筒が出てきた。これのせいでポストがいっぱいになっていたようだ。

薄緑色の封筒には、日本農業大学と印字されていた。ロゴマークもしっかり入っていて、赤字で入学資料在中とまで書かれている。

宛名は、眞家早馬だった。

その封筒を春馬は両手で持った。なんの変哲もない紙質の封筒に、自分の頰が緩んでいくのがわかる。入学資料という文字を、何度も何度も確認した。

日本農業大学、通称日農大は、箱根駅伝の常連校だ。何年も前に総合優勝をしたこともある名門だが、最近は一月二日、三日の本選で上位に食い込めないどころか、シード落ちも何度か経験していて、低迷する古豪という印象が強い。けれどインカレや出雲《いずも》駅伝、全日本大学駅伝ではいつも名前を見る。歴史も実績もしっかりある陸上の強豪校だ。

その大学から、早馬宛に何やら届いた。早馬自身が請求したのかはわからないけれど、パンフレットなりなんなり、資料を送ってきたのだろう。

台所まで駆けていき、「兄貴!」と声を弾ませた。冷蔵庫に買ってきたものをしまい込んでいた早馬は「あ? 何?」と普段通りの声色で振り返る。こちらだけ興奮しているのも恥ずかしくて、努めて冷静に、なんてことないように振る舞った。

「これ、届いてたよ」

食卓に封筒を置く。本当は、手渡してやりたかった。

日本農業大学のロゴを見て、早馬は「ああ」と言って冷蔵庫のドアを閉めた。先程より幾分か声に熱がこもった気がした。

「やっと届いた」

その場で封を破き、中を確認する。

「これ、いるか?」

封筒から出てきた一番厚い冊子を、早馬は春馬へ寄こした。学部や学科、キャンパスライフの紹介が載った大学案内だ。

「前にこれだけ単体で請求したから、一冊持ってるんだよ。二年もそろそろ進路指導、始まるだろ。俺が欲しかったの、入試ガイドの方だから」

「ありがとう。もらう」

両手で大学案内を受け取って、ぱらぱらと捲ってみる。一番に見たのは、部活動紹介のページだった。運動部で一番大きく扱われているのはやはり陸上競技部。フォーカスされているのは長距離チーム。写真は去年の箱根駅伝の様子だ。深緑と白のユニフォームを着た選手が、中継地点で襷リレーを行っているシーン。

「日農大」

思い切って、そう聞いてみた。

「受けるの？」

どうしてだか、早馬からの返事を待ったたった数秒が怖く思えた。

「受けるよ。模試じゃあD判定しか出ないんだけど」

「そっか」

平静を装おうと思ったのに、最後の言葉はやはり上擦《うわず》ってしまった。嬉しい、と思った。スクールカラーの濃い緑色に、白く「日本農業大学」と書かれた大学案内の表紙を見つめて、心の底から、思った。部活から、陸上から離れていく素振りを見せる早馬が、怖かった。兄はもしかしたら、もう走るのをやめてしまうのではないかと。怪我をして、兄は走ることが怖くなってしまったのではないかと。

自分が走ることで兄がそれを忘れてくれたらと思った。自分が大会でいい成績を出したら、感化されてまた走ってくれるのではと思って練習を重ねてきた。それがやっと、成就したのだ。

「俺も、日農大にしようかな」

「お前は多分、もっといいところに行けるよ」

「俺この間の試験、百番台ぎりぎりだったよ？」

「違うよ。スポーツ推薦」

早馬の瞳に、微かに影が差したのがわかった。こちらも気をつかって、あえて勉強の方に話を持っていこうとしたのに。

「お前にはたくさん来ると思うぞ、強いところから、スカウトが」

春馬の持ってきたレジ袋から食材を取り出し、早馬は再び冷蔵庫を開けた。何も言わず、野菜室に人参やら大根やらほうれん草やらを詰めていく。

「今日の夕飯は、チャーハンと青菜炒めにするか」

買ったばかりの青菜を眺めながら、早馬が言う。「なんでもいいよ」と頷きながら、彼の目や口を見つめてみる。最近、こういうことが増えた。早馬の考えていることが、たまに摑めなくなる。

「手伝おうか」

「あら、珍しい」

「青菜ちぎるくらいしかできないだろうけど」

「いいよ。じゃあこれ、洗って」

ポリ袋に包まれた青菜が二束、投げて寄こされる。ポリ袋を剝いで、流しの流水で洗った。早馬は炊飯器のタイマーを確認する。出かける前に米をセットしたので、もうすぐ炊けるのだろう。

「兄貴、ちゃんと勉強してるの？」

「お前に言われなくてもちゃんとやってるよ。ただでさえぎりぎりなんだから」

「そっか」

いいのだ。兄が一般入試で大学に行こうと、自分に陸上の強豪校からスカウトが来て、兄との間に多少のわだかまりができようと。それくらいで絶縁するようなものでもないだろうし、何より、兄が大学でまた陸上を選んでくれるのなら、なんだっていい。

洗い終えた青菜をちぎりながら、口元がどんどん緩んでいくのを止められなかった。

＊＊＊

暗闇の中でも、誰かが自分を見ているのがわかった。自意識過剰かとも思うけれど、確実に視線を感じる。

走っているときに沿道の観客に声援をもらうのは気持ちがいい。だけど、レースの前に一緒に走る選手にじろじろ見られるのは好きじゃない。ジャージの上着を頭から被って、さらに目を閉じて、春馬は自分の眉間に意識を集中していた。こうしていると、余計なものが自分の体から弾き出されて、そげ落ちて、体が軽くなる気がする。走れる気がする。

アップは済んだ。調子もいい。朝食は六時に取った。献立は、早馬の手作り力うどん。餅なんて重いもの朝から食えるか、と抗議したけれど、いざ食べてみたらそこまで胃に負担はかからなかった。ちゃんと全部食べた。一時間前に早馬の握ったおにぎりも食べた。具材はじゃこと昆布。塩味が効いていて、冷えていても美味しかった。水分も取った。空腹も満腹も感じない。ちょうどいい胃袋の状態。

全国高等学校総合体育大会——通称インターハイの茨城県予選二日目。初日の昨日は男子千五百メートルの予選と決勝があり、三位で北関東地区予選への出場が決まった。二日目の今日は本命である男子五千メートルだ。

走る前は、自分の体と会話をする。走っている最中も走り終わってからもそれは続く。痛みはないか、違和感はないか。いつも通りの、ベストな走りをお前はできるのか。ここはスピードを抑えた方がいいか、ここでスパートをかけられるか。問いかけ、答えを探し、また問いかける。

レース前の春馬の問いに、春馬の体は不安を訴えることはなかった。大丈夫だ。これは走れる。行ける。

足音が近づいてくるのがわかった。その音が目の前で止まり、「眞家」と名前を呼ばれた。ジャージを剝ぐと、スカイブルーのユニフォームを着た選手がこちらを見下ろしていた。逆光で彼の顔までは見えなかったけれど、このユニフォームを知らない陸上部の奴は県内にいないだろう。

「水堀《みずほり》の……」

そこまで言うと、彼は「いきなりすまんね」と春馬の隣に腰を落とした。水堀学園高校は、水戸《みと》にある陸上の強豪校だ。短距離、長距離、トラック競技にリレー、駅伝まで、県内には敵無しとまで言われている。伝統的に男子部員は坊主頭。そのせいで、余程顔に特徴がないと誰もかも同じ顔に見えてしまう。

「君の兄貴は、今日も出てこないんだな」

早馬の名前を出されて、やっと思い出した。この人は水堀学園高校の藤宮藤一郎だ。去年の高校駅伝茨城県予選で、彼は早馬と同じ区間を走った。「藤」という文字が二つも名前の中に入ってるなんて珍しい、と思った記憶がある。

「今日はサポートに回ってます」

学年は早馬と同じ。水堀学園高校陸上部、長距離チームのエース。去年のインターハイにも出場している。確か、決勝にまで残ったはずだ。

「去年の県駅伝の後に故障したんだろ？」

「関東大会の直前に。その後手術して、リハビリしてます」

レースで戦う相手にどこまで言っていいものかと思ったが、藤宮は大方のことは知っているようだった。

「駅伝は出ないのか」

そんなの、俺が知りたい。

「さあ、どうでしょうか」

調整が上手くいけば、秋の駅伝シーズンには間に合うかもしれない。けれど早馬はそれを決して明言しないのだ。

「出てくるなら、ぜひとも俺はリベンジをさせてもらいたいんだ。せっかく同じ区間を走ったのに、あれから一回も眞家早馬は大会に出てきてないし、ろくに話もできてない」

「なんなら、引き合わせましょうか?」

胡座《あぐら》をかき、膝に肘を突いて藤宮を流し見る。地面に両足を投げ出して、自身の膨ら脛の筋肉を見つめながら藤宮は首を横に振った。

「それは野暮ってもんよ」

「そうなんですか」

そんな話をするために、レース前に自分のところまで来たのだろうか。しかし、兄の話が前置きにも感じられず、春馬は藤宮の横顔を見つめた。藤宮は真剣な様子で口を開く。

「お前の兄貴、めちゃくちゃ怖かったぞ」

「顔は俺と似てるはずなんですけど」

「そうじゃなくて、走りが。俺、今でも覚えてるよ、去年の駅伝」

「最後は水堀が競り勝ったじゃないですか」

「それは七区の話だろ。眞家弟、ちゃんと大会結果を見たのか？」

途端に藤宮がそう語気を強める。触ってはいけない部分に触ってしまったようだ。もしかしたら大会が終わってからずっと、周りの人間にそう言われ続けているのかも知れない。最後は勝ったんだからいいじゃないか、と。

「水堀は大会記録を塗り替えて勝った。県代表として全国へ行った。でもうちは、四区だけ、区間一位の座を神野向に譲った」

水堀の駅伝は強い。県駅伝は常に、第一区からアンカーの七区まで、水堀学園が一位を独占し続けるのが毎年恒例のことだった。

去年、その水堀の完全勝利を阻止したのは、早馬だった。

「といっても、兄貴と藤宮さんのタイム差、そこまで大きく開いてなかったじゃないですか」

藤宮は納得しなかった。タイム差の問題ではないのだ。一位で襷をリレーできなかった。他校の選手に抜かれた。彼にとって重要なのはそこなのだろう。

「ラストスパートでお前の兄貴を振り切るつもりだった。でも、眞家早馬はついてきやがった。顎が上がったみっともない走り方で、死にそうな顔で、死にそうな息づかいで、それでもついてきた。それどころか、最後の最後で俺の前に出た。こんなことがあるか。襷をリレーしたときは十位だったのに、九人抜いて一位になったんだぞ?」

そんなの、言われなくたってわかっている。

兄弟なのだ。

同じ陸上部なのだ。

そして、あの日の駅伝には春馬も出場していたのだ。

「神野向が強くなってきたのも知っていたし、眞家早馬のことも知っていた。でも、あそこまで走れる奴だなんて思ってなかった。あそこで完全に空気が変わった。うちの連中も『負けるかもしれない』って、多分初めて思ったろうよ。県予選で初めて」

あの日の眞家早馬は、怖かった。これから自分達が走る広々としたトラックを睨みつけ、藤宮は目を閉じた。瞼の裏に、あの日の早馬の走りを思い浮かべたのかもしれない。自分達は確かに勝ったのに、その勝ちが完全なものではなくなってしまった妙な後味の悪さを。エースである藤宮が負けるという衝撃を。

「息の音も足音も、そんなに大きくない。静かに近づいてくるんだ。静かなくせに。もの凄く強い音なんだよ。耳の奥に足音が響いてくるんだ。ぴたりと後ろにつかれたときなんて、寒気がした」

「走り終わったあと、ぶっ倒れてましたからね。藤宮さんは余裕だったじゃないですか。兄貴のこと、助け起こしちゃったりして」

「せっかくだから話をしたかったのに、それどころじゃなかった」

でも。少し声のトーンを落として、藤宮は目を伏せた。

「お前の兄貴は、あのレースで膝を痛めたんじゃないか？」

「さあ、はっきりとはわかりません。発覚したのはもっとあとだったんで」

でも、わからない。剝離骨折は骨がぽっきりと折れるわけじゃないから、発覚まで時間がかかるのかもしれない。だとしたら、その可能性も充分にある。

「めちゃくちゃな走りだったからな。変なところに変な力がかかってたんじゃないか」

「オーバーペースどころじゃなかったですね。自己ベストを余裕で更新してました」

「俺は、奴とインハイで勝負をしたいと思ってたのに」

「残念でしたね。弟の方との勝負になっちゃって」

五月の地区予選は難なく突破した。県予選は地区大会を突破した県内の各校の選手が集まる。名前だけで強豪だとわかる高校や、横顔だけで速い選手だとわかる有名人もいる。

「眞家弟も、地区予選で県記録タイを出したらしいじゃないか。みんな、お前が気になってるんじゃないか」

経験者は語る、なのだろうか。彼もきっと、大会のたびに周りの出場者にじろじろと見られ、観察される経験をしてきたのだろう。

言いたいことは言い終えたのか、腰を上げた藤宮は大きく腕を振り上げてストレッチをした。そして、そういえば、と春馬を見下ろす。

「眞家早馬は、怪我を治して、大学で陸上は続けるんだろう？」

言おうかどうしようか迷った。

けれど、最後のインターハイで、戦いたかった人と戦えない藤宮を少し可哀想に思った。何より、自分がずっと、このことを誰かに言いたかったのだと、春馬は気づいた。

「そうですね。日農大、受けるみたいです」

日農大っ？　と藤宮が声を高くした。

「俺も日農大に行くんだ。お前の兄貴も推薦か？」

自分の胸に手をやって、藤宮が肩を弾ませる。おもちゃを買ってやると言われた子供のような、無邪気な顔になった。

「いえ、一般だと思います。スカウト、来なかったんで」

「なるほど。嫌な時期に故障をしたもんだ。だけど、眞家早馬とチームメイトになるのも悪くない。よろしく伝えておいてくれ。余計なお節介かもしれないが、勉強頑張れ、とも」

じゃあな、と片手を上げて、藤宮は去っていった。伝統の坊主頭が遠ざかる。途中、他校の選手の肩を叩き、声をかけた。そのユニフォームも強豪校のものだった。強い奴には片っ端から声をかけて、自分のテンションを高めているのかもしれない。春馬とは真逆だ。

藤宮の背中が見えなくなる。再び、春馬はジャージを頭から被った。


去年の十一月。全国高校駅伝の茨城県予選大会。藤宮の言う通り、早馬は十位で襷を受け取り、九人を抜いて最終的に一位で次へ襷を繋《つな》いだ。

過去五年のチーム最低順位である十位で早馬へ襷をリレーしたのは、春馬だった。

あの日は、十一月のくせに気温が高かった。普通に生活する分には暖かくて気持ちがよかったけれど、走るとなるとそれが地獄のような暑さとなる。流れ出た汗がねっとりとした膜になって、肌に張りつくようだった。

県大会の会場は県立の運動公園だった。その中を周回するコースはアップダウンが激しく、吹きさらしの広場には激しい風が吹いた。しかもそれが、全然気持ちよくない。向かい風になったら行く手を阻む見えない壁でしかなかった。

エース区間の一区を走ったのは助川だった。最長区間である十キロを走り切り、神野向高校は二位。トップを走る水堀学園とも十秒差といういい位置につけていた。続く二区は三キロの短い区間。各校スピードのあるランナーを揃えてきて、神野向高校は五位へと沈んだ。

一区に続く長距離区間である三区を任されたのが、春馬だった。

最初の一キロは快調だった。暑いのは応えたが、前方に四位の高校の選手の背中が見えて、それを追うことに集中した。沿道からの応援も気分がよかった。声援が多ければ多いほど、自分の体は調子づく。春馬はそれを理解していた。序盤から飛ばしすぎないように自制しながら、それでも隙あらば順位を上げていくつもりだった。

四キロ地点を通過し、順位を一つ上げて四位になった。すぐ目の前に三位の背中も見えていた。ところがふと、暑いな、と思った。突然のことだった。一瞬のことだった。さっきより気温が上がった気がする。汗がべたついて、不快感が増した気がする。そこからどんどんおかしくなっていった。足が重くなり、腕が前に出なくなった。

誰かがすぐ横を通過していった。先程追い抜いたはずの高校の選手だった。そのすぐ後ろに別の学校の選手もついていた。同じようなことが、それからも何度かあった。

沿道から「何やってんだ神高！」と自分を叱責《しっせき》する声が飛んできた。それきり、声援が聞こえなくなった。

次の四区を――三区とほぼ同じ距離を走るのは、兄、早馬だった。

怒っていると思った。兄はきっと、怒っていると。エースが集う一区を助川先輩が必死に走って、二区で後退したとはいえいい順位で襷をもらったのにどんどん追い抜かれ、もう自分が何位かもわからない。

最後のカーブを曲がって中継地点が見えたとき、足を進めるのが怖くなった。自分のタイムを知るのが怖い。順位を知るのが怖い。早馬はどんな顔で襷を受け取るだろう。怖い、怖い怖い怖い怖い。

陸上を本格的に始めたのは中学生からだった。大会にもたくさん出た。けれど初めて、走り終えるのが怖いと思った。

中継所までの二百メートルは異常に長く感じた。いくら足を前後に動かしても近づかない。前進している実感がない。視界がぐっと狭くなって、白くぼんやりとしてきて、一点、兄の姿しか見えなくなった。

はっと思い出して、自分の胸に触れた。襷をたぐり寄せて、外して、拳に巻きつける。頼りない視界の中、早馬の表情がわかるくらいまで近づいて、春馬は息を飲んだ。兄は怒っていなかった。隣に立つ他校の選手のように、走者に向かって「頑張れ」と叫んでもいなかった。静かな表情で、春馬を見ていた。

襷を持った右手を差し出すと、まったく同じタイミングで早馬も手を動かした。汗に濡れて色を変えた襷を、確かに早馬の手が掴む。

大丈夫。

小さく小さく、自分以外の誰にも聞こえないような声で早馬は言った。

ごめん、とも、頼んだ、とも言えず、春馬はアスファルトの上に倒れ込んだ。見上げた先に早馬の後ろ姿がある。受け取った襷を肩からかけ、余った部分を結んで、走り出した。

チームメイトがタオルを抱えて走ってくるのが見えた。頭からそれを被され、両脇を抱えられて沿道へと移動する。

聞かされたタイムは酷いものだった。待機所とされているテントの中で、ウインドブレーカーで顔を被《おお》って、しばらく泣いた。

沿道でレースを見守っていた部員がテントに入ってきては、口々に「オーバーペースだ」と言い始めたのは、四区も中盤を過ぎた辺りだった。徐々にその騒ぎは大きくなり、レースを直に見ていない春馬にも、早馬がいかにハイペースで走っているかが伝わってきた。

テントの中で横になったまま、春馬は彼らの言葉に耳を澄ました。それをまとめると、早馬は最初の一キロを自己ベストを遥かに上回るペースで走っていた。同じ四区を走る優勝候補である水堀学園の藤宮を上回る速さで、前を走っている高校をどんどん追い越していると。

走りが安定していて、長距離区間でも安心して任せることができる。監督からもコーチからもそう評価される早馬だけれど、とてもじゃないが最後まで持つはずがなかった。四区は、ラスト二キロで上り坂がある。急な坂ではないが、じっくりと時間をかけてじわじわと上らされる嫌な坂。このままじゃ、その坂まで持たない。口々にそう話すチームメイト達の意見を撥ね除けるようにして、早馬は変わらぬペースで坂に入った。わずかにスピードは落ちたものの、それでも力強い足取りで。十位で襷をリレーしたのに八人を抜いて二位に躍り出た。そしてトップを走る水堀の藤宮に迫っていると。

堪らず春馬はテントを出た。県駅伝は巨大な公園を周回するコースなので、五区への中継地点まではそんなに遠くなかった。

「みんなの広場」という名の丘を越えたところで、早馬の姿は見えた。まだ距離があるので、小指くらいのサイズだったけれど、彼の様子を確かめるには充分だった。

軽い足取りでは、決してなかった。一歩進むごとに足が地面に突き刺さるような、重々しく力強く、おどろおどろしいまでの迫力があった。

水堀の藤宮の方が走りに余裕があった。一方早馬は、自慢の綺麗なフォームも崩れ、顎も上がっていた。とうに限界は超えてしまって、体の中は空っぽになってしまって、それでも体が壊れるまで走ろうとしているようだった。

ふらふらと広場を横切って中継地点へ行くと、今まさに早馬と藤宮が襷リレーをしようとしているところだった。わずかに、ほんの一歩だけ、早馬が前に出て襷を次の選手へ渡した。そしてそのまま、春馬と同じようにアスファルトの上に倒れ込んだ。頭を守る素振りも見せず棒切れのように落ちていった。肩を摑んで支えたのは藤宮だった。次に神野向高校の部員達が駆け寄っていき、大会運営スタッフや救護班までやってきて、ちょっとした騒ぎになった。

一位で四区を終えた神野向高校だったが、そのあとすぐに水堀学園に抜かれて二位へ後退した。しばらくは逆転の可能性のあるレース展開だったが、最終区である七区で差をつけられ、三位でレースを終えた。

沿道で観戦していた人々の記憶に一番強く焼きついているのは、恐らく早馬と藤宮のデッドヒートだっただろう。もしあの大会がテレビやラジオで実況中継されていたら、「出遅れた弟の分を、兄が懸命な走りで取り戻した、挽回した」と言われていたに違いない。

県大会で優勝すると、県代表として全国大会の出場権が与えられる。二位から六位までの入賞校は関東大会に出場することができる。神野向高校も十五年ぶりの関東大会出場が決まった。

早馬の故障が発覚したのは、関東大会の直前だった。

あの日、早馬はどんな気持ちで藤宮の背中を追ったのだろう。春馬の失速を取り戻そうとしたのだろうか。それとも、全国大会へ行くためにあそこで意地でも水堀を抜いてやろうと思ったのだろうか。藤宮に何か個人的な因縁があったのだろうか。

お前の兄貴は、あのレースで膝を痛めたんじゃないか?

もし、藤宮の言う通りだとしたら、早馬の剝離骨折は間違いなく、自分のせいだ。


「今日は、カレーにするか」

帰りの市営バスの中で、おもむろに早馬が言った。一つだけ空いていた座席に春馬を座らせ、彼自身は傍《かたわ》らにずっと立っていた。田圃《たんぼ》ばかりが続く夕焼けを見つめながら、「カレーだな、カレー」と繰り返す。

「魚の頭が入った奴はやめてよね。大失敗してたじゃん」

先月だっただろうか。フィッシュヘッドカレーだと言って出してきたカレーは、水っぽくて生臭くてびっくりするくらい不味かった。自分が偏食家で食わず嫌いだとは自覚しているけれど、それを差っ引いても不味かった。あのときの早馬の落ち込み方も異常だったけれど。

「作らないって。今日は肉いっぱいカレー、作ってやるよ」

「どうしたの。頑《かたく》なだね」

「疲れて消化能力が落ちてるときは、カレーなんだよ。香辛料がいっぱい入ってるから。あと、温野菜もつけるから。カボチャにトマトにブロッコリーにアスパラガス、あと人参」

「人参はカレーにも入ってるじゃん」

「温野菜は消化にいいから、いいんだよ。水堀の藤宮といい勝負をしたんだ、ちゃんと食った方がいい」

水堀学園高校の藤宮とは、同じ組でタイムレースを走ることになった。前評判通り奴は速かったが、食らいついていってやった。途中何度か振り落とされそうになったが、それでも引き離されることはなかった。でも、追い抜くことはできない。速い、藤宮は、速い。早馬に負けないくらいの綺麗で安定したフォームで優雅に走る。気を抜くとあっという間に置いていかれそうになる。

春馬は藤宮に続いてゴールした。腕時計で確認すると、タイムは十四分〇三秒。自己ベストに六秒足りなかった。決勝にも残ったし、北関東大会への切符も手に入れた。けれど、心の底から嬉しいという気分でもない。藤宮を、抜いてやろうとずっと思いながら走っていたのに。

「藤宮まで、あとちょっとだったな」

どこか悔しそうな顔で、早馬は言う。窓の外を流れるように過ぎ去っていく田圃や山を、軽く睨みつけているような、そんな目。

「レースの前に、あの人と話したよ」

「へえ、知り合いだったんだ」

「違うよ、ちゃんと喋ったのは今日が初めて。あの人、兄貴と一緒に走りたがってた。借りを返したいんじゃないの」

去年の、と付け加えると、早馬は吐息のような笑いをこぼした。どうしてだろう。その笑いに、自嘲のようなものが含まれていたように聞こえて、口の中がざらりと嫌な感触になる。

「去年の駅伝はたまたま勝てただけで、基本的に向こうの方が何枚も上手だよ」

強調される「たまたま」に、胸が痛くなる。

スーパーに寄るからと、早馬は最寄りより二つ手前のバス停で降りようとした。先に帰っていいと言われたけど、ついていくことにした。

「荷物持ち、してやるよ」

スーパーの目の前で下車し、早馬は自分の言葉通りカレーと温野菜の材料を買っていった。野菜がぎっしり詰まったレジ袋を片手に持って店を出る頃には、少しだけ外が薄暗くなっていた。

少し前を早馬が歩いている。手には肉とカレー粉と、残り少なくなっていたからと買った醤油とみりんが入ったレジ袋。早馬が料理研究部の井坂という先輩に料理を習い出してから、自宅の冷蔵庫には醤油とみりんが常駐するようになった。水出しティーポットで作るだし汁なんて、冷蔵庫に入っていない日はない。

「水堀の藤宮さんのことだけど」

「奴がどうした」

「あの人も日農大に行くんだって」

微かに、早馬の歩くリズムが崩れたのがわかった。

「兄貴とチームメイトになるのも悪くない、なんて言ってたよ」

あと、受験勉強頑張れってさ。そう続けようとしたら、突然早馬が立ち止まった。春馬と並ぶ。

「お前、とんでもない勘違いをしてるぞ」

こちらを真っ直ぐ見据えて、早馬は眉間に皺を寄せた。

「俺は日農大を志望してるけど、陸上が目的で行くんじゃない」

「じゃあ、どうして農大なんか行くんだよ。うち、農家でもなんでもないじゃん」

「俺が受けるの、応用生物科学部の、栄養科学科だから」

さらりと言ってのけて、再び歩き始める。

頭を、内側からがつんと殴られた気分だった。ぐわんぐわんと、目が回るような感覚に襲われる。

「栄養？」

「管理栄養士の資格、取ろうかと思って」

「じゃあ、陸上はもうやらないのか？　栄養士の資格取って、給食室のお兄さんにでもなるのかよ」

栄養士なんて、と舐め腐った言い方になってしまった。顔には出さなかったが兄がムッとするのがわかる。けれどそれさえもさっと引っ込めて、早馬は柔和に笑ってみせるのだ。

そう、兄はこういう奴だ。

「管理栄養士の養成課程があるのって、女子大が多くてさ。共学だとあんまり選択肢がないんだよ」

日農大を選んだのは、それだけ、とでも言いたげだ。

「わざわざ日農大に行くのに、陸上やらない気かよ」

「割合的には、日農大で陸上やってない奴の方が断然多いと思うけど」

そんな屁理屈ではぐらかすな。

「藤宮さん、楽しみにしてたぞ」

「何か勘違いしてるよな、あの人も。たった一回、まぐれで俺が勝っただけなのに」

「まぐれでも勝ったじゃん」

「そうかもな」

「なんでそんなに他人事なんだよ。藤宮さんを抜いたのは兄貴だろ。あの人、去年のインハイ出たんだよ？　駅伝だって、都大路《みやこおおじ》を走った人なんだよ？」

兄は藤宮に勝ったのだ。今日、自分が勝てなかった藤宮に。それをどうして、なかったかのように話すんだ。忘れてしまったかのように、夢か幻だったかのように。

「なあ、春馬」

わかるだろう？　お兄ちゃんの言うこと、わかるだろう？　そんなふうにこちらを諭すようにして、彼は首を傾げてみせた。

「俺は、自分の膝をぶっ壊しても、藤宮に追いつくのが精一杯だったんだよ。抜いて、差をつけるつもりだった。神高が勝てるように、藤宮と差をつけなきゃって思ってたのに、できなかった」

なんだそれは。十位でしか襷を渡せなかった俺への当てつけか。

それに――。

「やっぱり、県駅伝で膝をおかしくしてたんだ」

関東大会の直前に故障が発覚したとき、早馬は「県大会のときはなんともなかった。ここ数日で突然痛み出した」とはっきりと言ったのに。

県駅伝の走りが、早馬の膝を壊してしまった。自分がしくじったから。十位で襷リレーなんてするから、兄はそうするしかなくなった。

剝離骨折も手術も入院もリハビリも。

全部全部、俺のせいだ。

「カレー、ちょっと煮込みたいから、帰ったらすぐ作り始めないとな」

口を滑らせたことを自覚したのか、早馬が歩く速度を上げた。謝らないと、と思った。謝って、戻ってきてもらわないと。兄に、眞家早馬に、こちら側へ帰ってきてもらわないと。

「兄貴が故障したの、俺のせいじゃん」

「リンゴも摺り下ろしたいし。肉も下味付けたいし」

「俺がちゃんと順位を守っていられたら、むちゃくちゃに走らなくて済んだのに」

早馬がまた足を止めた。振り返った顔は、寒々しいくらい無表情だった。その背後を、恐ろしいくらいに鋭く、風が吹き抜けていく。謝罪の言葉はかき消されてしまった。

「俺は、お前のためなんかに走ってない」

俺は自分のために走ったんだ。俺が負けたくないって思ったから、だから走ったんだ。自分で走って、自分のために怪我したんだ。

勘違いするな。

何かに取《と》り憑《つ》かれたように早口でそう語った早馬は、見たこともない情けない顔をしていた。鼻の穴をひくつかせて、唇《くちびる》をねじ曲げながら歯を食いしばっていた。

レジ袋の持ち手を握り締める乾いた音が、いやに大きく耳の奥まで届いた。


その日の夕飯は、鶏腿肉《とりももにく》と胸肉がこれでもかというくらい入っていて、その上、野菜までごろごろと大量に入ったカレーだった。甘口だった。野菜の味も、肉の味もわからなくなってしまうくらいの、甘ったるいカレーだった。

春馬が五千メートルの自己ベストタイを出した。計測していたのは後輩だったが、早馬が三年のタイムを計り終えて全員分をまとめているときに見つけた。

去年より格段に速くなっている。中学のときのベストタイムはとっくに越えてしまったし、五千メートル自己ベストタイムは長距離チームのキャプテンである助川に続いて、二番目だ。当然、怪我をする前の早馬より、ずっとずっと速い。

トラックを挟んでちょうど正面のところを、春馬が走っていた。練習終わりの軽いジョッグだ。怠《だる》そうな顔で走ってはいるが、腕はしっかり前後に振れている。

こうやって離れたところから走る姿を見ていると、その人の走るフォームの特徴がよくわかる。春馬は走るとき、膝がきちんと上がるのだ。足の筋肉をフルに使って体を支え、地面を蹴ることができる。

早馬、と名前を呼ばれて振り返ると、先にジョッグを終えた助川がトラックレーンから外れてこちらへ向かってきた。持っていたスポーツドリンクのボトルを渡してやる。

「ちょっと調子悪いな」

今日計測したタイムと、過去三回分のタイムを見比べる。助川のタイムは自己ベストからはほど遠いものだった。

「不味いな。眞家弟に抜かれるかも」

「まさか。まだ差が大きすぎるよ」

そう言いつつも、心の中では助川の言葉に頷く。春馬がこの調子でタイムを上げていったら、助川が部を引退する前に春馬が部内トップに躍り出るかもしれない。

同じことを、助川もちゃんとわかっているようだった。

「故障とかしないでこのまま行けば、大学もいいところに行けるんじゃないか」

「あいつ食生活めちゃくちゃだから、しないといいんだけどな」

故障。そう言い足すと、無性に息が苦しくなった。偏食家な上に食も細いのに、春馬はどうして故障しないのだろう。

それなりにちゃんと食べて、それなりに綺麗なフォームで走っていたはずの自分が、どうして故障したのだろう。胸の奥を一際《ひときわ》冷たい風が吹き抜けた。心臓に走った痛みが、そのまま右膝へと流れていく。

「お前、この間、一組の井坂と一緒に自転車でどっか行ってただろ」

助川が都の名前を出したことに、早馬は動揺した。過去にクラスが一緒だったことがあるのだろうか。都のことも、よく知っているふうな言い方だった。

「そういえば、擦《す》れ違ったな」

「どこ行ってたんだよ」

早馬が都と自転車を二人乗りして走り去ったのを目撃した知り合いは多かった。お前達は付き合っているのか、二人でどこへ行ったんだ。そう聞いてくる奴もいた。けれど助川の声は、野次馬じみた好奇心旺盛なものとは違った。

違ったから、厄介だった。

「部活に来ない日は、真木クリニックにリハビリに行ってるんじゃなかったのか」

そんなの、もう公然の秘密ではないか。少なくとも三年生の間では。

眞家早馬は、週何日かは部活を休んでリハビリのために病院に行っている。授業終わりと病院の時間の合間で、調理実習室でこそこそと彼女と二人で料理をしている。そういうことになっている。なっているだけだ。

「助川だってわかってるだろ。手術から半年もたったのに、週に何回も病院でリハビリなんてしないって」

当たり前のこと。けれど、自分も助川も、春馬も父親もみんな見ないようにしていた事実を、早馬は自ら助川に突きつけた。

「何してたんだよ」

「ちょっと、弁当箱買いに行ってた」

「弁当箱?」

「本格的に自炊始めたんだよ、最近。昼も弁当を作って持ってきてる」

「へえ」

興味なさそうに助川が言う。スポーツドリンクに口をつけて、走る春馬や他の部員を見やった。口の端っこに、苛々や不信感がこびりついているようだった。

「お前、体重増えただろ」

春馬と、同じことを言いやがる。

「そう見える？」

「改めて見ると、怪我する前よりずっと肉がついてる」

何キロ増えたんだ？

そう問われ、思わず笑ってしまった。

「失礼だなぁ、そういうこと直接聞く？」

そんなことで勘弁してもらえるとは、思えなかったけれど。

「八キロ、増えたよ」

「はちぃ？」

助川自身が想像していた数値より、ずっと多かったようだ。途端に彼の顔が険しくなった。

「お前、ちゃんとトレーニングしてるのか」

「してたら、八キロも太らないだろうな」

助川の鋭い目が、すうっと見開かれる。彼が傷ついたのがわかった。素直に「ごめん、最近サボってるんだ」と言えば、彼は怒るだけで済んだのに。嫌な言い方をしたばっかりに、彼を傷つけてしまった。

「井坂にも聞いた。お前は陸上部の練習が終わる直前まで、調理実習室にいるって」

陸上部の連中が帰宅する前に、逃げるように下校するって。そう付け加える助川の目に、再び怒りの炎が宿ったのがわかる。伝わってくる。

なんだ、知ってるのか。助川と都は、案外仲がいいのかもしれない。

そう思うと、肩から力が抜けた。体が軽くなって、心に余裕が生まれた。

「やめるのか」

何を、とは助川は言わない。早馬も聞かない。

助川亮介とは、陸上部に入部したときからずっと一緒に練習してきた。相手の不調も一緒に走っていればわかるし、体調を崩していれば走り方で察することができる。

早馬の異変を最初に見抜いたのも、彼だった。彼がいなかったら、自分は駅伝の関東大会へも出場していただろう。膝がどんなに痛くとも、走ることにすがりついていただろう。その道を閉ざしてくれたのは、助川だった。手術しろと言ってくれた。リハビリして戻ってこいと言ってくれた。

その言葉がまるで、自分に引導を渡しているように聞こえた。だから、「自分はもう終わりなんだ」と思った。

「春馬も、お前が部活をサボってるんじゃないかって心配してた」

「お前も春馬も、考えすぎだよ」

大体、助川と春馬は馬が合わないのに、どうしてそういう情報は共有しているんだ。ストイックで自分にも他人にも厳しい助川と、マイペースで末っ子体質な春馬は、どうしてもわかり合えないと思っていたのに。

「戻ってくるんだろ？」

どこに、とは言わない。

「こうやって、部活には出てきてるだろ」

「夏は無理かもしれないけど、駅伝は間に合うんじゃないのか？」

夏のインターハイが終わって涼しくなれば、秋と冬は駅伝のシーズンだ。去年の暮れに怪我をして、手術をして、それからちゃんとリハビリして、筋力トレーニングも体重管理も念入りにしていたら、間に合ったかもしれない。

ははは、と笑って、ちょうどジョッグを終えた春馬を見た。

「一、二年が結構頑張っちゃってるし、復帰しても俺の出番はないんじゃないかな」

「だから、井坂と料理なんてしてるのか」

「うち、野郎ばっかりだから。春馬なんて放っておくとコンビニ弁当とかカップラーメンばっかり食うし。下手したら、次はあいつが故障しちゃうよ」

「それは確かに、否定できないけど」

「俺なんかよりずっと将来有望なんだし、助川だってあいつに故障されたら困るだろ？」

助川が何か言おうと、恐らく「お前だってまだまだやれる」とか、そんなことを言おうと口を開きかけた。

「早馬って名前は、あいつにあげたかったよ」

助川が言いかけた言葉を飲み込むのがわかる。それが喉の奥で形を変えて、再び彼の口から放たれるのも。

「よくわかった」

今日の練習メニューを全員が終え、長距離チームの面々が助川のもとにやってくる。春馬ももちろん、その中に混じっている。彼らに構うことなく、助川は早馬の目を真正面から見つめて言った。

「お前はもう、陸上部にはいらない」

助川は、憤《いきどお》ってても苛ついてもいなかった。

彼の言葉に、誰よりも先に、春馬が足を止めて目を見開いた。

リハビリをサボりだした頃から、体重の管理を蔑《ないがし》ろにし出した頃から、いつか、助川からこう言われるときが来ると思っていた。

そしてそのときは、もっと怒ってほしかったのに。裏切り者と罵《ののし》ってほしかったのに。

「ありがとう、助川」

そう言った早馬に、春馬が駆け寄る素振りを見せた。それを遮るように、助川が「今日もお疲れさん。片づけして上がるぞ」と号令をかけた。

せっかく春馬のリクエストに応えたというのに、食卓に着いた春馬の顔は冴《さ》えなかった。

「なあに？　これ」

テーブルの真ん中に置かれた皿を指さす。

「ジャガイモとベーコンのトマトクリーム煮込み」

素直にそう答える。春馬の表情は変わらない。

「何それ」

「お前が洋風なものが食いたいって言うから、習ってきた」

今まで作った煮物の応用でできるから。そう言って都が教えてくれたのが、トマトクリーム煮込みだった。出汁を使わないのは勝手が違ったが、トマトやホワイトソースでベースとなる味を作ったあと、塩コショウやコンソメで細部を調えていくのは確かに和風の煮物を作るときと似ていた。

「ほら、食えよ。今日も散々走って腹減っただろ」

ご飯をよそって春馬に手渡す。今日は父が夕飯の時間に帰ってこられなかったから、真っ先に料理の感想を言う人がいない。

箸を持ったままトマトクリームで煮込まれたジャガイモとベーコンののった皿を見つめる春馬を尻目に、早馬は合掌した。

「いただきます」

一足先にジャガイモに箸を伸ばす。じっくりと水分を飛ばしながら煮込んだので、トマトの味がしっかりジャガイモに染みている。ジャガイモとトマトは稔からもらったものだ。どちらもスーパーで売っているものと比べると小振りな気がしたけれど、味は申し分ない。

ジャガイモは身が綺麗で柔らかい黄色をしていて甘く、トマトは青臭さもなく水分をたっぷりと含んでいた。いつも作る和風の料理とは違って、バターを使って野菜を炒めたから、普段とは違うまろやかな風味が具材一つ一つを包んでいる気がする。

「昨日、初めて学校で作ったんだけどさ、バターを焦がしちゃって失敗したんだ。今度は上手くいったよ」

特にジャガイモ。バターが絡んで独特のほくほくとした甘みが際立っている。祭りの屋台でじゃがバターを買う春馬だから、これは嫌いじゃないはずだ。

気のりしない様子で、春馬もほんのり赤く染まったジャガイモを口に入れた。食わず嫌いが発動してしまうかとも思ったけれど、とりあえず食べてもらえて安心した。

あちっ、と小さく声を上げ、しばらく黙り込む。咀嚼して、飲み込んで、じっとトマトクリーム煮込みを見つめたあと、顔を上げて言った。

「美味い」

「だろ?」

絶対これはいけるって、作ってるときから思ってたんだよ。言いながら大きめに切ったジャガイモを齧ったら、こちらも熱すぎて言葉が途切れた。

それを狙ったかのように、春馬は箸を置いた。

「助川先輩、酷いよな」

笑いながら、そう言う。

「いくら冗談でもさ、故障してる奴に、ちょっと言いすぎだよ。『お前はもう、陸上部にはいらない』なんて」

なあ？　と同意を求められる。今日の練習終わりのことを言っているのは明らかで、すっとぼけることもできなかった。

「酷くなんかないよ」

そう返すと、春馬は当てが外れた、という顔をした。その返事は聞きたくなかった、とでも言いたげな表情で、早馬を見る。

「どういうこと？」

「どういうことって……」

「本当にやめるの？」

表情を崩さず春馬は続ける。

インターハイ県予選の日に言ったではないか。日農大に行くのは管理栄養士になるためだと。どうして納得してくれないんだ。そんな、簡単なことに。

「なんで助川先輩に、ありがとうなんて言ったのさ」

おかしいじゃん、それ。緩く握った拳で、食卓をこんこんと二度叩く。握り締めていないのが、早馬への疑念の表れのように思えた。

それを見て、不自然に脈打っていた心臓が落ち着いた。

「助川とはずっと一緒だったんだから、わかるんだよ」

「何がだよ」

「お互い、言いたいこととか、言いたくないこととか、なんとなく」

怪我のことも、リハビリのことも、陸上部のことも、大学のことも。早馬がどう思って、どうしたいと考えていて、そして何を言葉にできずにいるのかさえも、助川にはわかっているのだ。自分の表情や言葉の端々から、伝わっているのだ。

春馬に日農大を受ける理由を話したとき、はっきり言うべきだった。はぐらかさず、ごまかさず、逃げずに。「やめる」と明言するべきだったのだ。また一人、こうして裏切ってしまった。

「どのみち、インターハイが終わればほとんどの三年は引退だ」

「駅伝、やらないの」

春馬が身を乗り出す。テーブルが揺れ、春馬が置いた箸が転がった。

「今からやって間に合うかよ」

春馬の口が動いて、喉の奥で息が詰まったような音がした。

「夏が終わったら、陸上部は引退する。もう、走らない」

その「もう走らない」の有効期限がいつまでなのか、早馬は理解している。助川も、うっすらと理解してくれているからこそ「お前はもう、陸上部にはいらない」と言ってくれたのだ。未練も後悔も名残《なごり》惜しさも、何もかも捨て去れるように。

春馬だけが、どうやら納得してくれていないようだった。

どん、と食卓を両手で叩いて、春馬は台所を出ていった。白米を半分以上残して。きっとあとで腹が減ってしまうに違いない。

残ったトマトクリーム煮込みを、早馬は大口を開けて頬張った。まだ熱かった。けれど構わず白米と一緒に喉に押し込んだ。舌がじんと痺《しび》れて、あとを追うようにピリリという痛みに襲われた。

微かに、涙が込み上げてきた。

目が覚めたら、無性に腹が減っていた。

夕飯は全部食べたはずなのに、空腹だ。時計を見ると十一時前だった。まだ陸上部で走る気があるなら、この時間に何か食べようなんて絶対に思わない。けれど早馬の足は静かに台所へと向かっていた。

「何してんの」

台所の明かりが点いていたから、父かと思った。けれど、そこで五百ミリリットル入りのオレンジジュースの紙パックに口をつけていたのは春馬だった。

気まずそうに紙パックの注ぎ口から唇を離して、春馬は眉を寄せた。

「別に」

「腹減っただろ」

夕飯をほとんど食べなかったから、きっと今が空腹のピークのはずだ。

「夜食作るけど、お前も食べる？」

部屋から持ってきた都のレシピノートを開く。「夜十時以降に食べるならコレ」とタイトルがつけられたページを捲り、レシピを見繕う。

「豆乳麺、食うか？」

そのうち豆乳の野菜スープでも作ろうと、豆乳を一パック買ってある。一足先に夜食に使ってみようと思った。ほうれん草と玉ねぎを刻みながら後ろをちらりと振り返ると、春馬は部屋に戻らず食卓に寄りかかってオレンジジュースの紙パックに書かれた成分表を見つめていた。

冷蔵庫からティーポットに入れただし汁を取り出して、鍋で火にかける。沸騰したらそこに、去年のお歳暮でもらった素麺《そうめん》と刻んだ玉ねぎを入れる。素麺はそろそろ賞味期限が切れそうだったので、ちょうどよかった。

「春馬、豆は駄目でも豆乳なら平気だろ？」

返事はない。

素麺が柔らかくなったら、醤油とみりんで味をつける。胃袋を刺激するいい匂いになってきた。

「腹減る匂いだろ？」

しばし間を置いて、春馬が溜め息をつく。食卓に紙パックが置かれる音がする。

「そうだな」

鍋に味噌を大さじ一杯、溶き入れる。味噌の味がだし汁に広がったら、豆乳を加えてほうれん草を入れる。ほうれん草が茎まで柔らかくなったら、完成。

「なあ、春馬」

器によそうと、春馬が何も言わず箸を二膳出してきた。

「お前は、頑張れよ」

「なんだよ、それ」

「飯、俺がちゃんと作ってやるから。ちゃんと食べて、故障とか、絶対するなよ」

それで、ちゃんと走れ。そう付け足すと、もう痛みなどないはずの右膝がツンと痛んだ気がした。

春馬は、速い。早馬よりもずっとずっと、速くて強い。

険しい目をして何か言おうとした春馬の口を塞ぐように、わざと声を弾ませた。

「一束分、食べるだろ?」

出かかった言葉を飲み込んで、わずかに顔を歪ませ、春馬は俯いた。そのままこっくりと小さく頷く。

「安心して食っていいぞ。カロリーとか、考えてあるから」

器に盛った豆乳麺に、ほんのちょっとだけ七味をかけて出してやる。

数時間前に一緒にトマトクリーム煮込みを食べていたときとまったく同じように座り、真っ白なにゅうめんを手元に置いて、早馬は「いただきます」と両手を合わせた。

「……いただきます」

向かいで春馬が同じことをする。

白いスープから真っ白なにゅうめんを掬うと、同じく白い湯気が上がる。よーく冷ましてから口に入れると、豆乳の甘みをかき分け、七味が舌を刺激した。

＊＊＊

痛みがなくなるまで二ヶ月。

ギプスが外れるまで三、四週間。

スポーツレベルの運動ができるまでは、恐らく術後半年ほどかかる。

手術の直後、リハビリ前の挨拶《あいさつ》のためにクリニックを訪ねた際に真木先生にそう言われ、終わったと思った。もう間に合わない。これから訪れるはずだった春と夏が、練習と大会に明け暮れるしんどい季節が、その瞬間に終わった。歪な音を立てて、早馬の前から消え去った。

「それって、もう部活は無理ってことですよね」

真木先生は五十歳過ぎの男の先生だった。高校、大学といろんなスポーツを摘み食いして楽しんでいたらしく、陸上部の顧問とも仲がいい。体を動かすのは好きだというだけあって、頭は白髪交じりだけれど体はきちんと締まっている。早馬の父と違って、腹も出ていないし、背筋もピンと真っ直ぐだ。

「ちゃんとリハビリすれば、秋には間に合うかもしれない」

秋。夏のインターハイが終わり、駅伝のシーズンが始まる季節。一年近く先の話を持ち出されると、運動ができるまで半年、という言葉よりずっと重く感じられた。これからきっと自分の時間は止まるのだ。半年間、このまま。むしろ後退していく。そして周りの連中は変わらず歩み続け、自分を置いていくのだ。

助川亮介も、陸上部の他の同級生も、後輩も。

眞家春馬も。

「無理じゃないですかね」

春馬が、「練習中に笑いながら後続の俺達を振り返るのがむかつく」とこぼしていたことがあったっけ。笑っているつもりはなかったんだけど、心の中にある余裕が滲《にじ》み出ていたのかもしれない。引きずり下ろされることはないという余裕。自分はまだ負けないという、安心感。

いつからだろう。練習中やレース中に、後ろを振り返るのが怖いと思うようになったのは。前ではなく、後ろばかりが気になるようになったのは。

自分の右足を見下ろした。真っ白なギプスでがちがちに固定された足は、自分のものではないようだった。痛みもまだ取れない。動かすたびに、骨折をした部分なのか手術で切開した部分なのか、体を下から上へ針が通っていくような痛みに襲われる。

「リハビリを終えてすぐ、それまでちゃんと練習してた連中を蹴散らして大会に出るなんて、俺には無理ですよ」

「僕はそう簡単に諦めることはないと思うよ」

「俺はそんなに凄い選手じゃないです」

どうしてだろう。今、とても辛いことを、悲しいことを、苦しいことを言っているはずなのに、不思議と胸が痛まない。

助川に足の異常を言い当てられたときは涙が止まらなかったのに、どうして今は何も感じないのだろう。

狭い診察室の白い壁を背景に、真木先生がこちらを見る。「そんなことはないよ」なんて残酷なことは言ってこなかった。

「戻るか戻らないかは、君の自由だよ」

どこに、とは言わない。その言葉にどうしてだか、胸が温かくなった。そうか、お前はそういう奴だったんだな。

お前はやめたいんだ。もう走りたくないんだ。

自分の足が壊れたからだろうか、故障が発覚したときに散々泣いたからだろうか、真木先生が余計なことを何も言わないからだろうか。自分の心がよーく見えた。

「でも、早馬君は大学でも陸上を続けるつもりだったんじゃないのかい？」

「なんとなく、そのつもりだっただけです。でも、誰もがその通りに行けるもんでもないでしょう？　高校で陸上をやってた人間が、全員が全員、大学で陸上をやるなんて有り得ないし、そもそも無理なんですから」

中学から高校へ進むとき、それまで一緒に頑張ってきた仲間の何人が陸上をやめただろう。他のスポーツを始めたり、文化系の部活へ入ったり、アルバイトを始めたり。自分達は透明なふるいにかけられて、陸上を続けるかやめるかの選択をするのだ。そしてそれは恐らく、これから何度もある。大学へ進学するとき、社会人になるとき。一人二人と、あるときは一気に数十人ごっそりと、やめていくのだ。

その中に自分がいない保証なんて、どこにもない。

「大学に行ってまで走る人間じゃないって、陸上の神様が言ってるのかもしれませんね」

乾いた笑いを含ませて、「これは冗談です」と存分に臭わせながら言う。真木先生はそれを笑いもしなければ、怒りもしなかった。

＊＊＊

ノックして扉を開けると、稔はいつも通りのラフな格好で椅子に座っていた。一応、麻のジャケットを着ているから、二者面談のためにかしこまった気持ちでいるのだろうか。

小さな窓があるだけの狭い面談室は電気が点いていても薄暗く、息苦しい感じがした。閉所恐怖症では決してないのだが、どうにも気分が悪い。

向かい側のソファに腰を下ろすと、稔は手にしていた書類に一度だけ視線を落とした。四月の中頃、進級してすぐに受けた模試の結果だ。総合点、科目別の点数、問題ごとの正誤、校内偏差値、県内偏差値、全国偏差値、志望校の合格判定、二年のときに受けた模試との比較のグラフまである。

こうやって数字やデータで自分を管理されることは慣れているはずなのに、妙に腹立たしい気持ちになった。

「眞家は二年のときから、意外とちゃんと勉強してたんだよな」

「意外ってなんですか、意外って」

「クラス中に知れ渡ってるみたいだけど、スポーツ推薦受けるつもりだったのに、評定が足りなくて第一志望が無理そうな奴もいてね」

バスケ部主将の青木《あおき》のことだ。勉強はからっきし駄目だけれど「俺はバスケがあるから大学は大丈夫」とよく言っていた。推薦にも評定平均というふるいがあることを知らなかったのだろう。

「大丈夫なんですか、青木の奴」

「第一志望は無理かもしれないけど、奴の評定で推薦を受けられるところを探してるよ」

そしてお前の方だけれど。そう話を区切って、稔は模試の結果をテーブルに置いた。幸いなことに、二年のときに比べて成績は上がっている。

「二年の後期から成績が上がってる。三年でもちゃんと理科と数学を履修してるし、科目のせいで受けたい学部が受けられないってこともないだろう」

志望校の欄には第一から第五志望まで、五つの大学と学部学科の名前が書かれている。

「第一志望は日農大の応用生物科学部、栄養科学科。第二志望は城南《じょうなん》大の薬学部の医療栄養学科か」

管理栄養士になりたいのか、そう聞いてくる稔に、早馬は迷うことなく頷いてみせた。

「先生の畑を手伝ったり、井坂と料理したりしたお陰で、興味が湧いてきて」

「そう言ってもらえると畑に連れていった俺としては嬉しい限りなんだけど、去年と志望校が様変わりしてるから、大丈夫かと思ってね」

二年生のときに受けた模試。そのときの成績と志望校の一覧を、説明してみろとばかりに稔はわざわざ見せてきた。

「ずっと第一志望は藤澤大だったんだよな。二年生の始めから」

稔の頭には早馬のこれまでの模試の結果が一通り入っているのだろう。隠さず潔く話すことにする。

「その頃は、大学でも陸上をやるつもりだったんで」

一年前の自分は、自分のことを買い被《かぶ》りすぎていた。眞家早馬という陸上選手は、自分の足でなんでも手に入れられると、どこまでも走っていけると、信じていた。

「そして第二志望は英和学院か。ここも強いよな」

「そうですね。強いですね」

第三志望以降も、すべて陸上部の、特に長距離走や駅伝が強いところだった。

「一般でこの中の大学を受けようとは思わないのか。それまでにはリハビリも終わって、競技にだって戻れるだろ」

「強豪校の陸上部は、一般で入った奴なんて相手にしてくれないですよ。万が一、奇跡的に入部が許されたとしても、俺の実力じゃあ歯が立たないですもん」

そんなことないよ。諦めちゃあ駄目だよ。若い子には無限の可能性があるんだから。稔がそんなふうに言う先生だったら、こんなこと絶対に言わない。稔はまるで目の前を流れていく川をじっと眺めるように生徒を相手にする。たとえその川を巨大な桃が流れていったとしても、きっとその行く末をじっと見ているのだ。

「去年からそこそこ勉強してたのは、推薦を受けるために評定を気にしてたからじゃないんです」

二年生の前半までは、確かに推薦で大学に行くことしか考えてなかった。それが夏を境に変わった。

「推薦で引っかからなかったときのことを考えて、一般のために勉強してたんです」

「眞家が言っていることをまとめると、去年の十一月に怪我をする前から、卒業後に陸上を続けないことを考えてたってことになるな」

「正解です」

「そうなんだ。意外だな」

怪我以外に何があったんだとは、聞くつもりはないようだ。だから、隠そうと思わなかった。むしろ、言ってしまいたいと思った。

「俺、そんなに走るの速くないんですよ」

「そんなことないだろう。眞家は速いよ」

「普通の人と交ざれば速いかもしれないですけど、俺は、本当に速い人達と戦っていけるほど、強いランナーじゃないです」

稔の細い目が、すっと大きくなる。目尻に走る皺が伸びて、いつもの穏やかさが薄らいだ。そうか、稔がいつもにこにこと恵比須様《えびすさま》のような顔をしているように思えるのは、この目尻の深い皺のせいなんだ。

「欲張って数学も化学も履修しておいてよかったです。してなかったら、管理栄養士の養成課程がある学部、受けられなかっただろうし」

「受けられはするけど、もう少し頑張って勉強しないと、第一志望は厳しいかな」

「勉強頑張ります。幸い、時間はまだありますし」

「部活はいいのかい？」

「引退したようなもんですから」

勉強しないといけないのに、マネージャーの仕事をするために部活に出てる場合じゃないでしょう？　そう続けようと思ったのに、どうしてだろう、言葉が出てこない。

「そう決めたなら、俺はとやかく言わないよ」

でも。いつもと変わらない、穏やかで威厳のない声で稔は続ける。

「四年間って、結構長いんだ。自分が本当にやりたいと思っていることじゃないと、四年間も真剣に取り組むことはできないんだよ」

ああ、そうだろう。

「四年間も自分に嘘をついて、裏切り続けるなんて、なかなか大変だよ」

管理栄養士を目指すのは、もう少し慎重に考えろ。稔はそう言いたいのだろうか。なぜか、違うように聞こえた。お前が裏切っているのは、もっと別のところだと、胸の内で声がする。胸だけじゃない。足から、する。右膝から響いてくる。

「まあ、どのみち勉強は大事だ。体を壊さない程度に、頑張って勉強するといいよ」

「そうですね、精一杯やります。陸上ばっかに熱中してた罰みたいなもんですね」

話の方向性がまとまった、というより諦めたという様子で稔は早馬の模試の結果をファイルにしまった。早馬の前に面談をしていた生徒のものと一緒に小脇に抱える。

「前田《まえだ》先生に相談されたよ。眞家兄は大丈夫かって」

前田先生は陸上部の顧問だ。

「今度、ちゃんと謝りに行きます。迷惑も心配もいっぱいかけちゃって」

真木クリニックから足が遠のいても、部活を頻繁に休むようになっても、前田先生は早馬をしかりはしなかった。部活から足が遠のいてしまうのは仕方がないとばかりに、早馬の行為を黙認してくれた。

どうだろう。前田先生に直接「いい加減にしろ」と頬を引っぱたかれでもしたら、自分はもう一度陸上部で走ろうと思えたのだろうか。いや、無理だろう。助川から「お前はもう、陸上部にはいらない」と言われても、俺の心は揺れ動かなかったのだから。

「前田先生だけじゃないんですよ。陸上部の奴も、クラスの奴も、みんな俺の前では陸上の話を避けるんです。俺を哀れむみたいに、同情するみたいに、陸上をやってたことも、去年までそこそこいい成績を出してたことも、故障をしたことも、何もなかったように話す。俺が部活に顔を出さずに教室で時間を潰していても、だらだらと家に帰っても、何も言わずに、何も見なかった振りをするんだ」

「君だってそれを望んでただろう？」

「本当、先生はいろんなことがわかるんですね」

「君は結構わかりやすいよ。井坂に比べたらずっと」

突然出てきた都の名前に、早馬は浮かしかけた腰をソファに戻した。

「前も、そんなことを言ってましたよね」

「井坂は去年担任だったんだけど、あの子はあの子で、いろいろあるんだ、君みたいに」

井坂は、今は誰かと料理をした方がいい。あの言葉の真意は、いまだにわからない。

「カブがそろそろ収穫できるんだ。行くか？」

頷いた早馬に、稔はソファを軋《きし》ませて立ち上がる。「職員室に書類を置いてくるから、畑に集合しよう」と手を振って面談室を出ていく。

特別棟へ行こうと廊下を歩いている途中、廊下の窓ガラスに映った自分の顔を見た。思っていたよりずっと泣きそうな顔をしていて、一体いつからこうだったのだろうと、肩を竦めてしまった。

水道の水で綺麗に洗ったカブを持って調理実習室へ行くと、都はすでに割烹着を着て包丁を手にしていた。すでに炊飯器には米がセットされているらしく、蒸気が鯨の潮吹きのように立ち上っていた。コンロの上には鍋がある。味噌汁でも作ったのか、すでに火も止められていた。立ちこめる味噌の匂いに混じって、香ばしい脂の匂いがした。ただの味噌汁でなく、これは豚汁だ。

「遅かったじゃん」

「手伝いに来てくれればよかったのに」

「私は調理担当だから」

そう言いながら、鶏の手羽元の骨に沿って包丁を入れている。

「今日は何を作るつもり？」

「カブと手羽元の煮物。手を洗って割烹着を着たら、包丁を持って。カブを実と葉っぱに分けて」

はい、これレシピね。そう言ってレシピノートを投げてくる。右手で受け取って内容を確認し、書かれている手順通りに、カブに包丁を入れ、葉と実に分けていった。ときどき形が歪なものが出てきて、まな板の上で安定せず、ごつ、ごつと鈍い音を立てながら包丁を動かした。

「今日は随分、あれだな」

「なんだよ、あれって」

少しだけ都は間を置く。

「腑抜《ふぬ》けた顔。まあ、いつもそうだけど、今日はより一層」

冷たく言う。でも、鋭い声色ではない。

都の言葉に反射するように、ははっと笑いがこぼれていた。心が自衛のためにそうしたのかもしれない。

「二者面談だったからさ」

今週は三年生は一週間かけてクラス担任と面談をすることになっている。

「だって、担任は稔だろ？」

「そうだけど、いろいろ考えちゃうだろ」

カブを実と葉に切り分けて、都のレシピ通り葉を適当な大きさに刻んでいった。同時に、都は鍋に油を引いて手羽元を並べる。しばらくすると、手羽元の皮が焼けていく香ばしい匂いが、鍋から漂ってきた。

黙って両手を動かす早馬に、都は溜め息と共に聞いてきた。

「進路のこととか、稔になんて言ったんだよ。まあ、面談のあとに稔の畑でこき使われてたあたり、答えはなんとなく予想つくんだけどさ」

本当、遠慮なくずかずかと言ってくれるものだ。

「前に少し話しただろ？　管理栄養士になろうと思ってさ。日農大に受かるにはかなり頑張らないといけないみたいで、稔に心配されたよ」

「稔の心配って、絶対そこじゃないと思うけど」

けれど、彼女の遠慮のなさは、図太さは、無神経さは、どうしてだか心地がいい。見ないようにしてきたものを、懇切丁寧に目の前に並べてくれているようだった。

「井坂は、小さい頃からやってるスポーツとか、ないのか」

「ないね」

「走るのは好き？」

「嫌いだよ。足が遅いんだ、私は」

「俺は小学校の頃から持久走とかマラソン大会が好きで、中学に入ったら迷わず陸上部に入った」

刻んだカブの葉は下茹《したゆ》でする必要があるらしい。煮物の具がすべて煮えたあとに、下茹でしたカブの葉を加えて軽く煮る、と書いてあった。

「正月の箱根駅伝とか、もの凄く憧れててさ、大手町も横浜も小田原《おだわら》も箱根も行ったことないけど、あそこをいつか走るんだろうなって、馬鹿なことを考えてたんだよ」

小振りな鍋に水を入れて隣の作業テーブルのコンロで火にかけた。ほのかなガスの香りと共に、青色の炎が揺らぐ。

「その頃からずっとそうだったんだ。学年が上がったり、中学から高校に上がったり、そうやって段階を踏みながら、力のない奴や向いてない奴はふるい落とされていくんだよ。みんな、走らなくなっていくんだ」

「自分もそうだって言いたいのかい」

「そうだな。そう思う」

カブの葉を下茹でしている間に、カブを食べやすい大きさに切っていく。こん、こん、こんという調子のいい音が自分と都しかいない調理実習室に響く。

「あんた、それでいいんだ」

「じゃなきゃ、もっと真面目にリハビリしてるだろ」

「その代わりに、あんたはここで料理をしてると。気まぐれに稔の畑を手伝って、その食材で料理をして、弟に栄養のバランスの取れたご飯を食べさせてあげている」

「ああ」

「そしてついに部活もこの夏で引退することにして、秋の駅伝の大会も見届けず、管理栄養士になるために受験勉強をする」

「その通り」

「空っぽになった場所を、料理をすることで埋めた気になってるだけじゃないのか」

都は鍋にだし汁やみりん、醤油、酒、砂糖を合わせたものを入れた。熱された手羽元の油と混ざり合い、耳を揺らすような芳しい音がする。こんな話をしていなかったから、唾液が込み上げてくるだろうに。

「勝手にやめた兄貴に『お前のために』って面《つら》で飯の世話されてる弟が、可哀想だな」

井坂は、俺を怒らせようとしている。取り乱して、彼女を怒鳴りつけて、この腹の底に沈んでいる本音を吐き出させようというのだろうか。

「そうかもしれないけど、どんな世界だって、上に行く奴っていうのはそういうものを無理矢理背負わされるんじゃないかな」

毎年正月に箱根を走るランナー達も、甲子園に出場した高校球児達も、名人戦に挑む棋《き》士《し》も、文学賞を受賞する作家も。その後ろにはそうなりたくてなれなかった人が山のようにいて、その人達の期待とか願いとか嫉妬とか羨望とか、そういったものが彼らの肩にはのしかかっているのだ。

俺の分も頑張ってくれとか、あんたは俺達の希望の星なんだから、とか。そんな無責任だけれど強い拘束力を持った言葉に縛られて、きっと年を経るごとにそれは増えていって、それでも走っていくのだ。

眞家春馬はそういう人間になる。

助川亮介も、そうなる。

これからたくさんの人を蹴落として、たくさんの人の夢を打ち破って、終わらせる。諦めた連中は「俺の分まで走ってくれ」なんて言いながら、春馬と助川の中に自分の夢を見続けるのだ。

それこそ、駅伝で繋ぐ襷のように。いろんな人の汗が染みついた襷は、強い者へ、走り続ける者へと、どんどんどんどん受け継がれていく。

いろんな人の夢を背負って、彼らはずっと走っていくのだ。

「あんた、本当にそれでいいんだ?」

ああ、いいんだ。そう言ったはずなのに、喉が仕事をせず音にならなかった。涙が込み上げてくるのがわかる。涙が目頭に溜まっていくのが、わかる。

「正直さ、怖いんだ、走るの」

「また怪我をするかもって?」

「それもあるし、何より、誰かに追いかけられてるのが怖い。後ろにいた奴が迫ってくるのも、追い抜かれるのも、怖い」

何より、自分を追い抜いた背中が、どんどんどんどん、どんどんどんどん小さくなって、いずれ見えなくなっていくことが、怖い。

「なあ井坂、お前は、きょうだいはいるか?」

「いないね。一人っ子だ。そもそも、私ができちまったことも両親にとっては想定外だったみたいだし」

そうか、そうなのか。

「弟って、不思議な生き物なんだ。可愛いって思うし、部活とか、頑張ってほしいと思う。

弟がレースに勝つと嬉しいし、タイムが上がると自分のことみたいに喜べる」

でも。

「でも、弟に負けるのは、もの凄く怖いんだ。他の人に負けるのとは違う。もっと冷たくて痛いんだ」

春馬のことを嫌いになれたらいいのにと、何度思っただろう。その方がずっと楽だったはずなのに。一体自分の中の何がそうさせるのかわからない。けれど、春馬に大会で負けるたび、タイムを追い越され、どんどん差をつけられていく中で、早馬の心は早馬を裏切り続けるのだ。

たとえば、箱根駅伝を自分が走っている姿を想像しようとする。憧れの、幼い頃はいつか絶対に走るのだと信じていた場所を。けれどいつの間にかそこにいた自分は、眞家早馬でなくなっている。よく似た、特に目元がそっくりだと多くの人に言われる、眞家春馬の顔になっている。

もう自分は、お終《しま》いなのだ。

「怪我をしたとき、悲しかった。悔しかった。でも、安心もしたんだ」

「やめる口実ができたから？」

「もう、俺は弟に負けないで済むんだ」

ぽたりと、まな板の上に雫《しずく》が落ちた、出所《でどころ》は、自分の両目だった。ああ、さっきは、稔との二者面談のときは、ちゃんと我慢していたのに。

「おい、カブに落とすなよ。しょっぱくなるじゃねえか」

手の甲で目元を拭って、胸に詰まっていたものを吐息と一緒に吐き出した。

「いい隠し味になるよ、きっと」

そう言って、まな板ごと都のところに持っていく。都は何も言わず、一口大に切られたカブを鍋にごろごろと入れていった。

「こういうときも、慰めてくれないのな、井坂は」

本当、人がどんなに落ち込もうと悲しもうと、いつも通りな奴だ。椅子に力なく腰掛けて、早馬は肩を揺らす。

「なんだよ。慰めてほしいのかよ」

「少し」

素直に、早馬はそう言った。きっと、都は笑い飛ばすのだ。情けない、と。自分で決めたことだろう、と。

けれど、鍋に蓋をした都はその口を開こうとはせず、ゆっくり早馬に近づいてきた。作業テーブルの下から椅子を引き出し、早馬の隣に置く。そこに腰を落とした都は、コンロにかけられた鍋をしばらく眺めていた。

「逃げたっていいと思う」

コンロの火の音にかき消されてしまいそうな小さな声で、都がそう言うのが聞こえた。

「陸上からも、弟に負けることからも、逃げたっていいと思う」

それを、私は悪いなんて思わないよ。

都の手が、むんずと早馬の頭を摑んできた。スーパーで程よい大きさのキャベツでも選ぶように鷲摑《わしづか》みにすると、そのまま自分の肩口へ引き寄せ、肩に手を回してきた。

抱きしめることはしないし、頭を撫でるなんてこともしない。けれど早馬と肩を寄せ合って、何も言わずただそのままでいた。

ことこと、ことこと。カブの入った鍋が、小気味のいい音を立てる。

カブと手羽元の煮物　～眞家春馬～

調理実習室に目当ての人はおらず、電気も点いていなかった。試しに引き戸に手をかけたけれど、鍵がかかっていた。

陸上部は火曜から金曜は朝と放課後に、土曜もほぼ一日練習がある。月曜は貴重な休みだった。

特別棟にある調理実習室は、陸上部が練習に使うグラウンドに面しているのにほとんど足を踏み入れたことがなかった。二年から家庭科の授業が始まったけれど、調理実習は三回ほどしかしていない。

見慣れない場所だからこそ余計に、この場所で過ごす兄の姿が想像できなかった。

調理器具も食器も食材も、廊下側の窓から見えるところにはない。薄暗い室内は無機質で冷たい印象がした。

そういえば、調理実習というのは昔から嫌いだった。食べたくないものをわざわざ作って、みんなで揃って食べなくてはならない。給食より厄介な時間だ。しかもでき上がったものに箸をつけないでいると「せっかくみんなで協力して作ったのに酷い」と、生徒も教師も目を三角にするのだ。

偏食家なのは自覚している。その上食わず嫌いだとも。もっと早く、誰かが「それはいけないから直しなさい」と矯正してくれていたら、ここまで酷くはならなかったと思う。

母親のいない眞家家で、料理の担当は祖母だった。けれど困ったことに、祖母はあまり料理が上手くなかった。しかも年々味付けが薄くなっていって、味噌汁なんて、ちょっとだけ塩味がついた茶色い水だった。煮物なんて、そもそも色が全然ついてなかったりした。

昔から祖母は春馬に甘くて、「煮物は嫌だ」と言うと「これでご飯を買っておいで」とお金を渡してくれた。祖母が体調を崩して入院し、随分と冷えた秋の夜に亡くなってからも、コンビニ弁当での生活は続いた。父と兄が料理をしていたけれど、春馬が食べられるものなんて限られている。

兄がここに通い出したのは、そんな生活が半年ほど続いた、五月の始めだった。妙に張り切って、台所に立つようになった。春馬の嫌いなものを、あの手この手で調理して出してくるようになった。ピーマンも人参も大根もエンドウ豆も椎茸《しいたけ》も大豆も魚も練り物も。苦味や辛味を消したり、刻んだり練り込んだりして姿自体を見えなくしたり。

祖母の料理と何が違うのかと、考えることがある。祖母の料理は酷い言葉で表現するなら、独りよがりだったのだ。自分の舌に合う味付けで、自分の食べたい献立で作る。一緒に食べる人がこの味をどう思うかとか、この食材をどう思うかなんて考えてなかった。食べたくないと言う人には、「じゃあ好きなものを買って食べなさい」とお金を渡す。ありがたかったけれど、きっとそれは優しい行為ではなかったのだ。

だから、自分は兄の作る料理を残すことができないのだろう。

「うわ、弟の方がいる」

そんな声が飛んできて振り返ると、あいつがいた。

「珍しい、っていうか、初めてだよな。弟の方が来るのって」

井坂都。恐らく、兄をこの調理実習室に引き込んだ人。スクールバッグを右肩にかけて、大股で春馬に近寄ってくる。衣替えを終えたので、女子の制服はジャンパースカートと白いブラウスになっている。ブラウスを腕まくりし、スカートのポケットに両手を突っ込んだ彼女は、訝《いぶか》しげに春馬を見る。

最近は兄に弁当を持たせられるから見かけなくなったけれど、購買に行く途中に通る中庭で弁当を食べているところを何度か見たことがある。兄と二人で歩いているところも、放課後に一緒に出かけて、スーパーの袋を提げて戻ってくるのも。

「兄貴なら、今日は二者面談だよ」

ふっと笑ったと思ったら、そう言って調理実習室に入っていってしまった。閉まりかけた戸に手をかけ、都を引き留める。

振り返った都は、まるで春馬がそうするのをわかっていたかのような顔をしていた。

「腹、減ってる?」

答えは返さず、口元をへの字に曲げた。

「私は腹減った。今日は弁当がちょっと少なかったんだ」

こちらの返事なぞ知ったことかという様子で、都は調理器具を準備し始める。割烹着を着て、髪を一つに結び、手を洗う。そして、食材でぱんぱんになった冷蔵庫から野菜を運んできて、どんどん刻み始めた。大根、人参、ゴボウ、玉ねぎ。軽快かつ均一な音でどんどん切っていく。

こっちは聞きたいことが、言いたいことがたくさんあるのに。仕方なく隣のテーブルに腰掛けてそれを眺めていると、冷蔵庫から取り出してきた豚肉のパックを投げて寄こした。

「暇なら手伝え、弟」

「はあ？　なんで」

「先輩には敬語使え」

「なんでですか」

「私に用があって来たんだろ？　それくらい付き合ってくれよ」

ほら、兄貴の割烹着使え、と今度は白い割烹着を投げてきた。広げてみると、胸から腹にかけて、醤油やだし汁の染みが点々とあった。一ヶ所だけ、血液らしき赤黒い染みまである。

「それ、初めて包丁でざっくりやっちまったときの跡な。悲鳴上げてたよ」

そういえば五月頃、親指にでかい絆創膏《ばんそうこう》を巻いていたことがあった。理由は頑なに教えてくれなかったけれど、やはりここでやったのか。

「それを着たら手を洗って。その豚肉を食べやすいサイズに切る」

動き出さない春馬に、さらに付け足す。

「手伝ってくれたら、あんたが知りたいことも教えてやるから」

この女は嫌いだ。あんたが何を知らなくて、何を知りたくてやきもきしているかも、私は知っています。それを隠すことなく、こちらに主張してくる。

「……俺、料理なんてやったことないですから」

丈の足りない割烹着に袖を通しながら、吐き捨てた。


左手で豚バラ肉の薄切りを押さえ、包丁を入れていく。三度目の「気持ちわるっ……」がこぼれた。脂のねっとりとした感触と、ねちゃねちゃとした膜が掌に張りついていくような不快感。早く切り終えてしまいたいのに、なかなか綺麗に一回で切れてくれない。

テーブルの向かい側では、都が呆れたという顔でこんにゃくを一口大にちぎっている。

「これ、何作ろうとしてるんですか」

「ここまでやってわかんないの？　豚汁だよ」

「わかりませんよ」

「今日はこのあとカブが届く予定なんだけど、そっちは手羽元と煮込もうと思って。その前に豚汁を完成させたいの」

わかったら手を動かす。そう命令して、都は大きな鍋に油を引いた。大量の大根、人参、玉ねぎ、ゴボウを投入して、木べらでかき混ぜながら炒めていく。

早馬はいつもこんな調子で彼女と料理をしているのだろうか。腹が立ったりしないのだろうか。それとも兄貴の奴、この手の女が好きだったのだろうか。聞いたことないぞ。

「あんた、やっぱり兄貴とそっくりなのな」

切り終えた豚バラ肉を前にほっと一息ついていると、向かい側から突然そう言われた。

「でも、やっぱり弟の方がガキっぽい顔だな」

そんな余計なことを言う。

「ああ、そうですか」

まな板ごと豚バラ肉を差し出すと、その不均等なサイズとお世辞にも綺麗とは言えない切り口に、案の定「あーあー」という笑い半分、溜め息半分の反応をされる。

「あと、兄貴の方が、多少器用。ドングリの背比べだけど」

「双子じゃないですから、当然でしょ」

「でも、足は弟の方が断然速いんだろ？」

水道の蛇口を捻《ひね》ろうとした手が止まった。脂まみれの手を、一刻も早く洗いたかったのに。

「去年の秋の段階なら、俺の方がちょっとタイムが速かったですけど。故障しなければ兄貴は、きっと今頃は俺よりずっと速くなってましたよ」

故障さえしなければ、今頃はインターハイ北関東予選へ向けて練習していたはずだ。

「大学だって、きっとスポーツ推薦で陸上の強いところに行ったはずなのに」

「それが故障したばっかりに、一般入試で日農大か」

夏休みに死ぬ気で勉強しないと、やばそうだけどな。そう言いながら都は、炒めた野菜と豚肉の入った鍋の水にだし汁を加え、蓋をする。やはり、彼女は早馬の希望する進路を知っていた。恐らく、自分よりずっと詳しく。

「そりゃそうですよ。勉強なんて、今までろくにしてなかったんだから。いっそ、落ちちまった方がいいんじゃないかな」

だし汁を入れてから煮立つまで自分達の出番はないようだ。静かになった調理実習室で、自分の言葉が、自分で思っていたよりずっと冷たかったことに春馬は驚いていた。長く冷たい針になって、体の節々に刺さるようだった。

都は怒るんじゃないかと思った。早馬を管理栄養士の道に差し向けたのは、彼女に思えたから。

「そうかもな」

意外な返答に、春馬は思わず都を横目で凝視した。椅子に座ってコンロにかかった鍋を眺める彼女が、一体どんな意図があってそう言ったのか、見当もつかなかった。

同時に、腹の底が鍋の中のだし汁と同じように煮立っていく気がした。

「応援してるんじゃないんですか？」

自分だって、兄が大学に不合格になればいいとたった今、言ったくせに。

「頑張ってほしいわけでもないし、応援してないわけでもない」

「どうしてですか」

「あいつが管理栄養士目指してるのは知ってるだろ？」

「給食室のお兄さんにでもなるつもりなんすかね」

「あんた、管理栄養士がどういうことするかちゃんと調べてないだろ」

そういう問題じゃない。

「兄貴が陸上やめるなんて」

有り得ない？　間違ってる？　おかしい？

酷い？

「……なんだか、ちょっと違う気がする」

「やめたかったんじゃないかな。怪我をする前から」

「なんでそんなことわかるんですか」

大体あなたはその頃、兄と知り合ってさえいないじゃないか。

「だって、どうしても続けたいなら死に物狂いでリハビリするなり、なんだって手段はあるだろ？　それを理解した上で、あんたの兄貴は走ることから離れようとしてるんだよ」

わかっている。春馬自身も、早馬自身も、そして父や顧問やコーチやチームメイトも。程度に違いはあれど、みんなうっすらと感じている。

理解しないように必死になっているのは、もしかしたら春馬だけなのかもしれない。

「滑稽《こっけい》だよ、あんたの兄貴」

可哀想でも哀れでもない。滑稽。その表現に、春馬は自分の中で怒りの感情が湧き起こるのに気づいた。

「なんだよ、それ」

「陸上がなくなっちまった場所に、必死に違うものを詰め込んでる」

「わかってるのに、どうして止めてくれないんですか」

「やめる決断をしたのは私じゃない。あいつが自分で気づくまで、気が済むまでやるしかないんだよ」

「そんなことしてるうちに、あっという間に大学生になっちまう」

悩みたいなら半年でも一年でも悩めばいい。でも、人の体は変わらないまま待ってはくれない。周りの人間だって待ってはくれない。悩み抜いた末に兄が陸上へ戻ってきても、そこに彼の居場所がある保証はない。ない可能性の方がずっと高い。一年以上のブランクを抱えた早馬の体が、どれくらい走れるのかも、わからない。

「あんたは、兄貴に走っていてほしいんだね」

「そうですよ」

悪いか。

純粋な「仲間」という存在だっていいし、タイムや順位を争う相手だっていい。長距離を走る人間にとって、隣を、前を、後ろを、走っている人間がどれだけ大切か、恐らく都にはわからない。

「俺は兄貴に、走っていてほしいんだ。あんたに理解してもらおうとは思わないけど」

「ふて腐れるなよ。兄弟仲がいいのは悪いことじゃない。兄貴をライバル視するのも、弟の性《さが》だよ」

鍋から、徐々にことことと煮立つ音がし始めた。それに気づいた都は灰汁《あく》を取り、お玉に味噌を取って菜箸でかき混ぜながら鍋の中へ溶かしていく。

「いっつも、兄貴が前を走ってたんですよ」

鍋から昇る湯気を見つめ、春馬は言った。その向こうに、蜃気楼《しんきろう》のように昔のことが思い浮かんだ。

「うちの家族ってどうしてか俺にばっかり過保護なんですよ。反対に兄貴はしっかりしてる、なんて言われて」

「わかるわかる。その通り」

大袈裟に頷いてみせる都を無視して、続ける。

「小学校のとき、全校生徒参加のマラソン大会があって。学年ごちゃ混ぜで、全員で一斉スタートするんです。上級生を追い抜けるのが楽しくて、俺も兄貴も毎年張り切って練習してたんです」

「あ、その話、兄貴の方からも聞いたことある」

「日曜の夕方とかに、家の周りの堤防とかを家族で走るんです。兄貴の方が速いから、どんどん差が開いていく。するとうちの親父は『頑張れ、頑張れ』って俺と並走するんです。あの頃は祖母ちゃんも元気だったから、自転車に乗って俺の後ろをくっついてきてた」

そうだ。でも二人は、早馬には決して並走しないのだ。春馬の隣から「お兄ちゃんも頑張れー」と声をかけはしても、並走まではしない。自分の方が一歳小さいのだから、仕方がなかったのかもしれない。でも正直、ちょっと鬱陶《うっとう》しかった。

「すぐ隣を親父や祖母ちゃんが走ってるとペースも乱れるし、なんだか恥ずかしくて、振り切って兄貴に追いつこうとするんですよ。すると兄貴の奴、ちらっと振り返って笑うんです。で、スピード上げやがるんですよ。もう、こっちはついていけない」

本番だって毎年そうだった。上級生をどんどん追い抜きながら、兄の背中を集団の中で探すのだ。追いかけるのだ。でも、どうしても追いつけない。追いついたと思ったら振り切られる。結局兄が卒業するまで、一度も抜くことはできなかった。もちろん、春馬がマラソン大会で総合優勝することもなかった。

「悔しくて泣いたこともあったなあ、そういえば」

中学で陸上を始めたのは、陸上部に入った兄を追ったからだ。

「やっと追いついたと思ったのに、故障しやがった」

高校に入ってから自分の走りが強くなっていくのを実感していた。早馬と同じ大会に出て、早馬よりいいタイムで、いい順位で競技を終えることも増えた。きっと、兄は笑いながらまたペースを上げるのだと思っていた。

「やめやがった」

無意識に俯いていた春馬の前に、都が歩み寄る。そして突然、春馬の肩を摑んで「こっち来て」と黒板の前へ引っ張っていき、教卓を指さした。

「いきなりなんですか」

「ここに隠れてて」

教卓の下には、人一人ほどが入れそうなスペースがあった。そこに入っていろ、ということだ。

「あと、それ脱いで、割烹着」

問答無用で割烹着を脱がされる。はあ？　意味わかんねえ。そう言おうとした春馬を制するようにして、都が自身の唇の前に人差し指を立てた。押し黙ると、調理実習室の外、廊下から、微かに人の足音がする。

「あんたの兄貴が来た」

とん、とん、とん。少し重い足取り。これが早馬だとすぐにわかるくらい、都は長く早馬とこの場所で過ごしていたというのか。たったの二、三ヶ月じゃないか。

それだけのスピードで、兄は陸上からも自分からも離れていったのだろうか。

「あんたの兄貴、今日も稔の畑でこき使われてる。取れたてのカブを、ここに持ってきてくれることになってってね」

再びぐっと肩を押され、教卓の下に押し込まれた。このまま調理実習室を出たら確実に鉢合わせる。それは嫌だ。

俺は、お前のためなんかに走ってない。

夏が終わったら、陸上部は引退する。もう、走らない。

早馬の言葉が次々と思い出される。早馬とはあれ以降、あまり会話をしていない。口を利かないとか、顔を合わせても無視するとか、そういうふうにはならない。でも、早馬の顔を見るたびに、自分の中の何かが軋んだ音を立てる。

教卓の下で両膝を抱えると、同時に調理実習室のドアが開く音がした。

「遅かったじゃん」

都の声。

「手伝いに来てくれればよかったのに」

早馬の、声。本当に、早馬だった。楽しそうに話しながら、早馬が手を洗う音がする。早馬が持ってきたカブと手羽元を使って、本当に煮物を作るつもりのようだ。おいおい、一体どれくらいここにいればいいんだ。嫌な予感に溜め息を必死に堪えていた頃、その話は始まった。

「進路のこととか、稔になんて言ったんだよ。まあ、面談のあとに稔の畑でこき使われてたあたり、答えはなんとなく予想つくんだけどさ」

二者面談の話。進路の話。

眞家早馬の、これからの話。

早馬は、小学校の頃の話をした。先程春馬が都に聞かせた、マラソン大会のことも。兄はしょっちゅうトップを走っていた。マラソン大会の前は家の近くの堤防を周回する特訓に、楽しそうに取り組んでいた。ああ、きっと先頭を走るっていうのは、気持ちがいいんだ。誰も自分の前を走っていない。目の前の景色は、全部自分のもの。

兄が卒業したあとのマラソン大会で、春馬は早馬と同じ光景を見た。誰も前を走らない光景を。ゴールの瞬間に聞こえる歓声を。そうか、これがあるから、早馬はどんなに長い距離でも、肺や心臓が壊れそうな苦しさの中でも、楽しそうに腕を前後に振って走ることができるのだ。

自分もこの気持ちのいい場所にいたいと思うことは、そんなに悪いことだったのか。兄を追い抜くために練習して、同じように陸上部に入って。

それは、悪いことだったのか。

「学年が上がったり、中学から高校に上がったり、そうやって段階を踏みながら、力のない奴や向いてない奴はふるい落とされていくんだよ。みんな、走らなくなっていくんだ」

やめろやめろ。そんな話をしないでくれ。

都が再び鍋をコンロにかけたのか、コンロのつまみを捻り、火を点ける音がした。

「自分もそうだって言いたいのかい」

やめろ馬鹿。

そんなこと兄貴に聞くんじゃねえ。

「そうだな。そう思う」

何、あっさり答えてるんだよ。

膝を抱えていた両手を、春馬は握り込んでいた。制服のスラックスに深い皺ができる。

そのあとの二人のやりとりも、ちゃんと聞こえていた。弟に負ける兄の、愛憎が入り交じったどうしようもできない感情を。

あんた、それでいいんだ。

じゃなきゃ、もっと真面目にリハビリしてるだろ。

そんな残酷な会話を、喉に必死に力を込めながら、聞いていた。

「勝手にやめた兄貴に『お前のために』って面で飯の世話されてる弟が、可哀想だな」

「そうかもしれないけど、どんな世界だって、上に行く奴っていうのはそういうものを無理矢理背負わされるんじゃないかな」

やめてくれよ。そんなの俺は求めてない。背負いたいわけでもないし、誰かの理想を預けてほしいわけでもない。早馬に勝ちたいとは思う。でも、蹴落として、踏み潰してまで行きたい場所は、自分にはない。

ただただ、彼と同じ場所を走っていたかっただけだ。

「怪我をしたとき、悲しかった。悔しかった。でも、安心もしたんだ」

「やめる口実ができたから？」

都の声は、笑えるくらい、普通だった。優しく、母性たっぷりに聞いてやる気はないみたいだ。

「もう、俺は弟に負けないで済むんだ」

彼女の問いに頷く早馬の声は、顔を見ることのできない春馬からでもしっかりわかるくらい、潤んで震えていた。そんな早馬に、都が近づいていくのがわかった。なんの会話もなかった。音もしなかった。ただ、コンロの上で鍋が煮立つ音だけが聞こえた。

けれど、どうしてだろう。あの乱暴な口調の井坂都が、がさつで無遠慮で一ミリとて優しさとか気配りを見せない都が、兄の傷口をそっと撫でてやる姿が目に浮かんだ。春馬も助川も、父も顧問もコーチも真木先生も癒やしてやれなかった傷を、静かに、静かに。

「いつまでそこに籠《こ》もってるのさ」

早馬ができ上がったカブと手羽元の煮物を持って帰宅してしばらくたってから、都が教卓の下を覗き込んできた。顔を見られたくなくて、春馬は自分の両膝に顔を埋めていた。

「煮物と豚汁、そして炊きたてのご飯。あんたの分、取っておいてやったから、拗ねてないで出てきなよ」

「拗ねてなんてない」

「拗ねてるじゃん」

大好きな兄貴が陸上をやめちゃうから、ただ拗ねてるだけじゃん。溜め息と共に、そんなことを都は呟いた。

「それの何が悪いんだよ！」

このむかつく女に摑みかかってやろうか。そう思って勢い任せに腰を上げると、教卓の天板に頭をぶつけて尻餅をついた。つむじから爪先まで、痛みがじーんと貫通していった。

「あーあー、何してるの」

「うっさい!」

改めて教卓から抜け出して、都を見据える。

「あんた、兄貴が来ることを知ってただろ」

知ってて、俺に料理なんて手伝わせただろ。俺に、兄貴の言葉を聞かせただろ。

「うん、知ってた」

殴ってやろうかと思った。一体早馬は、こんな女のどこがいいんだ。陸上を続けるより、こいつと料理をしている方が楽しいっていうのか。謝れ謝れ、謝れ。自分や助川や他の陸上部の連中や、顧問やコーチに謝れ。陸上そのものに、謝れ。

そんな春馬を無視して、都はすっと春馬の胸に人差し指を突き立てた。指先が微かに制服のワイシャツに触れているだけなのに、彼女の体温が伝わってくる気がした。

「だってあんた、兄貴の口からはっきりやめたい理由を聞かないと納得しないだろ」

その通りだ。

「それに眞家早馬は、あんたには兄貴面したいから、格好いい兄貴でいたいという気持ちを捨てられないから、『勝てないのが怖いからやめる』なんてこと、絶対に言わないだろうしね」

「そんなこと」

ない、とは言えなかった。現に早馬は、自分の口で、声で、そう言ったではないか。

「弟のあんたが思ってるよりずっと、あんたの兄貴は格好悪いんだよ。いい兄貴なんかじゃない。弟に負けるのが怖いし、許せないし、嫌なんだよ」

すでに割烹着を脱ぎ、髪も下ろした都はコンロの上に置かれたままの鍋から煮物と豚汁をよそった。白米も一人分用意する。

「まあまあ、とりあえず、食べていきなよ。作った奴の特権だから」

作業テーブルの上に並べられたご飯、豚汁、カブと鶏手羽の煮物。冷茶碗に冷たい緑茶まである。

いるかよ、そんなもの。そう言って、調理実習室を飛び出してしまいたかった。

「あんたの兄貴が畑から取ってきて、洗って切ったカブだから、食べなよ」

自分用に小皿へよそった煮物を箸で摘みながら、都は緑茶を啜る。都は「美味いわー」と繰り返し、自分で作ったものなのに自画自賛に遠慮がない。

泣きながらカブを包丁で刻んでいた早馬を思い出すと、どうしてもこのまま去ることができなかった。

彼女の向かいに座って、春馬はしばらく料理を眺めていた。本当、井坂都は顔と言動に似合わず、優しい料理を作る。具だくさんの豚汁から味噌の香りがして、振りかけられた刻みネギの緑色が鮮やかだった。煮物も手早く作った割にはカブに手羽元の脂とタレが絡んで、てかてかと輝いている。

まだ熱いカブに慎重に息を吹きかけて、口に入れた。甘いタレが上顎をくすぐるようだった。甘くて、けれどしょっぱくて、カブそのものはしっかり甘みがある。手羽元も柔らかい。春馬が切った不格好な豚バラの入った豚汁も、煮物の味を妨げない穏やかな味をしていた。

「お、美味さに感動してる」

「それは大袈裟です」

でも、確かに美味かった。そういえば俺って根菜が嫌いだったんだっけと、今更のように思い出した。

「ねえ、井坂さん」

「なんだ」

手羽元を口に入れたままの、口籠《くちご》もった返事。

「どうして兄貴はここに来るようになったの。きっかけは？」

「あいつが担任の稔に、生物実験室前の畑でこき使われてたんだよ」

「稔って、田中《たなか》先生のこと？」

「そうそう。それであいつが、畑で取れたアスパラガスをここへ運んできたんだよ」

「そのまま一緒に料理をしたの？」

そういえば、兄が学校から大量のアスパラガスをもらってきたことがあった。豚肉と里芋と一緒に炒めたものも、夕飯と翌日の朝食に出された気がする。

ほどほどにグラウンドから離れた場所。けれど練習する自分達の姿を見ることができる場所。この場所で早馬は、井坂都と料理をして過ごしていたのだ。

「どうして、兄貴を誘ったの」

「あんたの兄貴は、本人が思ってるより有名人なんだよ？　奴が怪我をして手術したって話は、結構いろんな人が知ってるの。その眞家早馬が、部活にも行かずに稔の畑を手伝ってるなんて、気になるだろ」

「そうかもしれないけど」

「それに私も、一緒に料理をしてくれる相手が欲しかったんだ」

「なんですか、それ」

「一人でやるのにも飽きてた頃だったんだよ」

微かに笑って、都は春馬の手元を見る。すべての食器が空になっているのを見て、その瞳を輝かせた。

「どうだ？　美味かったろ？」

頷いた。癪だったけれど、美味いものは美味い。その拍子に、体の奥から涙が込み上げてきた。どうして今更、と思っても止められなかった。そのまま、両腕で顔を覆ってテーブルに伏せった。都は何も言わず、春馬が食べ終えた食器を片づけ始めた。

二、追う者

◆午前九時三十三分　十キロ地点◆

今日は気温が上がるとのことだったが、まだそこまで暑さは気にならない。けれど少しずつ強くなってきた向かい風は気になった。空気も乾燥していて、口の中が乾いていく。追い上げてきた助川《すけがわ》に一度は抜かれたものの、そのあと追いついてやった。そのまま肩を並べて走る。また抜いてくるかと思ったけれど、助川も並走したままペースを落ちつけた。温存しているのか、それとも自分を抜くほどの余裕はないのか。表情から察せないものかと思ったけれど、サングラスに邪魔をされた。

十キロ地点で最初の定点給水がある。「給水」というゼッケンをつけた部員が沿道から姿を現し、水の入ったペットボトルを渡してくる。助川より歩道側を走っていたお陰で、スムーズにボトルを受け取ることができた。

「眞家《まいえ》」

運営管理車から仲谷《なかたに》監督が叫んだ。スピーカーを揺らすような野太い声だった。

「ここまで二十八分五十秒だ。お前が宣言した二十八分四十五秒より五秒遅い」

よって、今日の夕飯はゴボウ尽くしにしてくださいと旅館の女将《おかみ》さんに伝えておきます。なんて余計なことまで言ってくれた。そういうことを実況のアナウンサーは聞き逃さず、赤裸々にテレビで中継されてしまうのだから、やめてほしい。

「それが嫌だったら、区間賞を取って帰ってくるように」

十キロ地点の指示はそれで終わった。イエゴとのタイム差とか、そういった建設的な言葉はなかった。

まあ、でも、イエゴのタイムを教えられるより、ゴボウ尽くしの夕飯を回避しなければという気持ちの方が、余程後半に繋《つな》がる気がした。春馬は左腕を大きく回し、仲谷監督に了解したと合図を送った。

一口、二口と水を口に含み、向かい風で乾いた口内を潤す。給水係にボトルを戻し、春馬は改めて前方を睨《にら》んだ。これで十キロ。まだ先は長い。ゴボウ尽くしを回避するチャンスは、まだまだある。

並走してきた助川のことは、あまりぐちゃぐちゃと考えないようにした。どのみち、後半に向けて余力は残しておかなければならない。周りに流されてしまうのが自分の悪い癖だった。この一年、この悪癖と向き合いながら走ってきたのだ。最も重要な箱根《はこね》駅伝の二区で、失敗など絶対にしない。お前は勝てるレースをその場の空気に飲まれて落とす。そう、兄はよく嘆いていたから。

今この瞬間を彼が見ているのだから、助川の走りや藤宮《ふじみや》の出方、イエゴの猛追にかき乱されている場合じゃない。今日の晩飯のことを考えよう。ゴボウ尽くし以外の、美味《うま》い美味い飯のことを。でも、今日の夕飯は宿泊先の旅館で取るんだよな。

できれば、兄貴の飯が食いたかったな。

焼き茄子　～助川亮介～

帰って早々命じられた風呂掃除を終えて、脱衣所で濡れた足を拭いているときだった。玄関の方から母の笑い声が聞こえて、それに続いてがはは、がははという乱暴な笑い声がした。よーく知っている笑い声だ。

脱衣所を出た自分の姿を母が見つけて、名前を呼ばれた。渋々、という様子を前面に出して玄関に行くと、そこには母と都《みやこ》がいた。

井坂《いさか》都が。

「おーっす、亮介《りょうすけ》」

今日も部活か、お疲れさん。とひらひらと右手を振る。おう、と小さく頷《うなず》いて、助川は母の手の中にあるビニール袋を見た。口から覗《のぞ》くのは、綺麗な紫色をした茄子《なす》だ。

「田中《たなか》先生の畑か？」

そう聞くと、都は「当然だろ」という顔で首を縦に振った。「今日取れたばかりの秋茄子でございます」と。

「大量に稔《みのる》からもらったから、うちだけじゃ食べ切れそうになくて」

というより、都だけでは、ということだろう。都の父は、自宅で夕飯をほとんど食べない。ビールか日本酒、それにつまみを揃《そろ》えて晩酌するくらいだ。ああ、でも、秋茄子なら都がつまみを作ってやれば食べるのかもしれない。

「今日、まだご飯を炊いたばっかりだったから、これで麻婆茄子《マーボーなす》でも作ろうかね」

「えー、おばちゃん、せっかく新鮮なの持ってきたんだから、焼き茄子とかにしてよ。もったいない」

「じゃあ、頑張って作っかな」

ねえ、亮介。無粋な振りにどう反応していいか戸惑っているうちに、都が「それじゃあまた」と玄関の戸に手をかけた。ガラガラガラと、滑りのよくない引き戸を勢いよく鳴らして開けて、閉めて。庭の玉砂利をリズミカルに踏みながら帰っていった。

茄子の入ったビニール袋を覗き込んだあと、母は助川を見た。

「あんた、都ちゃんを送っていってやったら?」

「なんでよ」

「外、まっ暗だからよ。一応、都ちゃんも女の子なんだから」

確かに、九月も終わりに近づいて日が短くなってきた。でも、助川の家から都の家まで歩いて十分ほどだ。真っ暗と言っても、車通りのある道まで出れば外灯くらいある。

そうやって母に言い訳を述べて、さっさと自分の部屋へ行こうかと思った。いつもそうしている。雨だろうと風が強かろうと、昔からそうだった。

けれどふと、今日の部活のことを思い出した。夕焼けの赤い空と、乾いた土の匂い。そんなものまで、しっかり目や鼻に蘇《よみがえ》ってきた。

「わかった。行ってくる」

靴箱の上に置いてあった懐中電灯を取り、玄関の隅に脱いでおいたランニングシューズに両足を突っ込むと、当の母は「あら、珍しいこと」と目を丸くした。自分で送ってこいと言ったくせに。

玄関の戸は、異様に開けづらく感じた。

「お袋、この引き戸、そろそろ油差した方がいいよ」

「じゃあ、帰ってきたらあんたがやっておいて」

母は茄子を抱えて台所へ行ってしまう。言わなきゃよかった、と助川は肩を落とし、戸を閉めた。

帰宅後三十分ほどしかたっていないのに、外は真っ暗になってしまっていた。助川の家は県道から外れて坂を下った窪地にあり、県道までの道には外灯が一本しかない。一応アスファルトで舗装はされているけれど、対面通行の道路は車が擦《す》れ違うことも困難な細い道だ。

家を出てすぐ、その細く暗い道を歩く都の背中を見つけた。助川の走る足音に気づいた彼女は、足を止めて振り返る。

「何」

「暗いから送っていけって、お袋が」

手にしていた懐中電灯を点《つ》け、足下《あしもと》を照らす。こうでもしないと、本当に真っ暗なのだ。

初めて家を訪ねてきたような人だったら、間違いなく路肩の溝に落ちる。運が悪いとそのまま田圃《たんぼ》に真っ逆さまだ。

「目をつぶってたって帰れるんだけど」

「わかってるよ」

都とは保育園に入る前からの付き合いだ。互いの家だって、何度も行ったことがある。何せこの地区で同級生は自分達しかいないから。母親同士も、自分達が幼い頃から知り合いだった。

今日のように都が野菜のお裾分けをしに来ることもあれば、助川の母があげた野菜や魚を調理して持ってくることもある。助川の祖母や母がトマトをお裾分けするとトマト肉じゃがに、さつまいもをお裾分けすると大学芋になって戻ってくる。

都が料理を始めた頃はそれはもう酷《ひど》い有様だった。火は通ってないし味は薄かったり濃かったり極端だし。一応食卓には並べるけれど、みんな一口食べてそれでお終《しま》いだった。

高校に入ると彼女は料理研究部に所属し、家でも学校でも料理をするようになった。他に部員がいなくていつも一人でやっているのが不憫《ふびん》だったけれど、それも今年の春から変わった。

いつも都が一人で料理をしていた調理実習室に、一人の男がやってきて、一緒に料理をするようになった。

自分と都、二人の足下を照らす懐中電灯。都がその明かりを、どんな表情で見ているのかは、助川にはわからない。

「今日、陸上部の三年の一部が、引退した」

どうせ知っているだろうけど、言ってやりたかった。皮肉っぽいとか嫌味臭いとか、なんと思われてもいいから、言ってやりたかった。そのためにわざわざ懐中電灯片手に都を追ってきたのだから。

「へえ、そうだったんだ」

「早馬《そうま》、今日は調理実習室に行かなかっただろ」

「そうだな。今日は無理だって、前々から言ってたから」

今日だったんだな。そう言う都の方は見ず、助川は懐中電灯の光だけを見続けていた。

「なあ、井坂」

学校では互いに苗字で呼び合う。それ以外では、「都」「亮介」と下の名前で呼び合う。どちらが決めたわけではないけれど、都が料理を助川の家に持ってくるようになった頃から、そうなった。小学校高学年の頃からなんとなくそうなった。今はどちらにすればいいのかわからなくて、結局苗字で呼んだ。学校の話をしようとしているんだからいいか、と思った。

「早馬と一緒にいるの、楽しいのか」

「楽しいよ」

即答だった。聞いたこちらが驚いてしまうくらい、あっさりと彼女は答えた。戸惑いもせず、はぐらかしもせず、肯定した。

都は見つけたのだ。眞家早馬を。一緒に料理をして、笑いながら食べることのできる相手を。都の作ったつまみをなんの感想も言わずに黙々と食うだけの父より、離婚したきり一度も都と会わず、新しい恋人ができたと噂《うわさ》されている母より、ずっとずっと側《そば》にいたいと思う奴を。

「どのへんが、楽しいんだ」

「あいつが料理をするのを楽しんでるのがわかるから、教えるこっちも悪い気がしないんだよ。根性もあるし、ちょっとやそっと私に怒られたくらいじゃ応《こた》えないし」

「ああ見えて、五年も陸上をやってるからな」

しかも早馬は中一の頃から長距離走一筋だった。厳しいトレーニングも、苦しいレースも、数多く経験してきた。肉体的にも精神的にも追い詰められながら、それでも奴は走ってきたのだ。同い年の女子にちょっときつく言われたくらいで、へこたれるわけがない。

「『やってる』じゃなくて、『やってた』だろ?」

今日であいつ、陸上とはすっぱり切れただろうから。羽織ったパーカーのポケットに両手を突っ込み、都が踏んづけてしまった小石を蹴飛ばす。小石は溝に落ちた。からん、と乾いた音が暗闇に響いた。

「そうだな」

そうだ。眞家早馬は今日、陸上部を引退した。今日は引退する三年が出る最後の練習日だった。練習終わりには彼らが一言一言、部員や顧問、コーチに向かって挨拶《あいさつ》をした。助川を始めとした一部の三年生は、秋冬の駅伝シーズンに備えて明日から練習を始める。

「眞家早馬、なんて言って引退したんだ？」

「いろいろと迷惑をかけてすみませんでした、って」

また、土の匂いがした。田圃の湿った土のものではなく、グラウンドの乾いた土の匂い。微《かす》かに芝の香りが混ざった、慣れ親しんだ匂い。

「結局怪我《けが》のあとは一度もレースには出られなかったけれど、楽しい三年間でした、って」

早馬がそう言ったとき、助川は無意識に弟の眞家春馬の方を見ていた。彼は、兄の引退の言葉をどんな顔で聞いているのだろうと。眞家早馬が陸上をやめてしまうことを、どう思っているのだろうと。

眞家春馬は助川が思っていたよりずっと静かな表情をしていた。他の連中のように引退する部員を笑顔で送り出そうともしておらず、かといって悲しんでいるという様子もない。強《し》いて言うなら、表情を無理矢理殺しているような顔だった。

「俺なんかより、井坂の方が早馬のことに関しては詳しいんじゃないのか」

「まあ、そうだろうな」

部活に彼が出てくれれば、話くらいはした。けれどそれも、以前のような選手同士の話はできなくなってしまい、業務連絡と世間話程度のものになってしまった。

それなりにこの三年間仲よくやってきたと思っていたけれど、この程度のものだったのだろうか。わからない。どうしても、わからない。

県道へ続く急な坂を上っていくと、突然都が助川の名前を呼んだ。先程のように「亮介」ではなく、「助川」と。

「あんたもしかして、眞家早馬がいなくなって寂しいのか」

「なんだよ、いきなり」

「いつもは絶対しないくせに、今日は私を送ってきたから。眞家早馬のこと、どうしても私に言ってやりたかったんだろう？」

なんて鋭い女だ。どうしてこいつは、こう変なところに勘が働くんだろう。侮《あなど》れない。

「まあ、そうだな」

誤魔化したところで意味はないだろう。素直に頷いてみせた。そんな助川に、都は少し驚いたようだった。光の届かない暗闇の向こうから、上擦《うわず》った彼女の声がする。

「へえ、そう」

「そうだよ。今日のこと、お前に言ってやりたかっただけだ。別に井坂を送りたかったわけじゃない」

早馬の引退の日を、その言葉を、井坂都に言ってやりたかった。嫌み臭く、皮肉っぽく。

「そっか。あんた、寂しかったんだ」

眞家早馬が陸上をやめちゃうのが、嫌なのか。そう付け足した都は、助川が照らす懐中電灯の光を飛び越え、一気に坂を上っていった。

「別に」

そう言うと、どうしてだか、喉《のど》の奥がちりりと熱くなった。

「そうやって、みんなやめていくんだ。みんながみんな、卒業してからも陸上を続けられるわけじゃない」

「あいつが自分で決めたことなら、いいってこと？」

「ああ、その通りだ」

早馬だって、きっと悩んで決めたんだ。悩んで悩んで悩んで、やめることにしたんだ。それをこちらが易々《やすやす》と「やめないでくれ」なんて、そんな身勝手なことは言いたくない。

「そうか、そうなんだな」

足を止めた都は、こちらを振り返った。懐中電灯で彼女の顔を照らすと、助川に向かって小さく手を振っていた。

「ここでいいよ。じゃあな」

助川の光を振り切るように、都は歩き出す。振り返る素振《そぶ》りも見せず、頼りない外灯の明かりの下を、悠々と大股で、歩いていった。力強く、この世界を私が生きていくのに、誰の手助けもいらないという背中で。

彼女がそうなってしまったのは、小学六年生の頃だった。

原因は、助川にある。

＊＊＊

都の両親の不仲は、かなり早い段階からいろんな人が認識していた。近所の住人、担任の先生にクラスメイト。田舎《いなか》って恐ろしいな、と小学生の助川が思ってしまうくらい、都の家の事情は筒抜けだった。自宅で言い合っている声が外まで聞こえるとか。離婚も秒読みだろうとか。夫婦にとっての一番の問題は、娘の都をどちらが引き取るかということだとか。そんな噂が一人歩きして、多くの人が身勝手に都を「可哀想《かわいそう》」と言った。

都ちゃんの家、もうすぐ離婚するんだって。でも、お父さんもお母さんも都ちゃんを引き取りたくないから、毎日大喧嘩してるんだって。都ちゃん、可哀想だね。

そんなふうに、クラスメイトが陰で囁《ささや》くようになった。きっと彼らの親が、祖父母が、そう語っているのだ。それを学校でまんま真似している。「都ちゃんは可哀想だから、優しくしてあげようよ」なんてクラスの女子が都のいない場所で言い合っていたこともあったっけ。

そしてそれは、助川の母も一緒だった。

あの日、母は助川に畑で取れたシシトウを持たせて、井坂都の家に届けてこいと言った。「ついでに、都ちゃんとお話でもしてきなさい」なんて、毎日学校で顔を合わせているのに馬鹿馬鹿しい指令まで出して。

七月の終わり、梅雨が明けてすぐのことだった。降り続いていた雨がやみ、太陽がやる気を出した頃。これからどんどん暑くなって、世界がどんどん元気になっていく季節。そんな時期であったはずなのに、都の家は陰気だった。この家だけが梅雨明けをしていないんだと、シシトウ片手に井坂家の庭に足を踏み入れた助川は思った。

助川の家とは違う、洋風のこぢんまりとしたたたずまいの家の中からは、微かに大人が言い争う声が聞こえた。

インターホンを二回押してしばらくたってから、都の母が玄関の戸を開けた。「あら」という低い声は何事もないように繕《つくろ》ってはいるけれど、白けた感情を隠し切れていない。

「どうしたの、こんな時間に」

「まだ七時前だけど」

途端に、都の母の顔が険しくなった。

「屁理屈言わないで。暗くなったら子供が出歩くもんじゃないの」

仕方なく、手にしていたビニール袋を都の母に差し出した。

「これ、母さんが持っていけって。うちの畑で取れたシシトウ」

都の母は、「そう、ありがとう」とだけ言って、助川に早く帰るように促した。早く追い出したいという下心が見え見えなのは、先程の言い争いを聞かれたと思っているからだろうか。

「そういえばおばさん、都は？」

「お風呂だよ。何？　都に用なの？」

「別に、そういうわけじゃないけど」

そこまで言って、どうしようか迷った。この陰気な家のどこかにクラスメイトが、一応幼馴染みと言っていい女の子がいると思うと、放っておいてはいけない気がした。

いや、用事があったんだ。そんなあからさまな嘘《うそ》をついた。

「今日の宿題のプリント、わからないところがあったから、聞いてみようと思って」

「まだお風呂から上がらないみたいだから、明日学校で相談すればいいじゃない」

そう言って都の母はさっさとリビングへと戻っていった。

まあいいや、都の母の言う通り、どうせ明日学校に行けば会えるのだから。諦めて家を出たところで、背後で戸の開く音、閉まる音がした。湿った髪の毛を振り乱し、サンダルを履いた都が駆けてくる。

「風呂入ってたんじゃないんだ」

助川の言葉を無視して、鼻息荒く都は肩を揺らした。

「何しに来たの」

「シシトウ、持っていけって言われたから」

「嘘」

「嘘じゃねえよ。持ってきたよ、シシトウ」

リビングの窓を指さす。都はそちらに視線もやらなかった。

「あんた、お母さんに命令されて来たんでしょ」

「は？」

「うちの様子見てこいって。でも、大人が来たらいろいろ面倒なことになりそうだから、あんたを寄こしたんでしょう。あんたが自分から、『宿題教えて』なんて私のところに来るわけないもん」

そう言われてしまっては、何も言い返せない。確かに宿題にわからないところがあったとして、都にわざわざ相談しようとは思わない。

自分達は、そういう仲だ。家は近いし、この地区では唯一の同級生だ。もし都が男だったら、きっと小さい頃から一緒に遊んでいただろう。

「むかつく」

「なんでだよ。一応、うちの母さんも祖母《ばあ》ちゃんも、心配してるんだぞ」

そう言いながらも、助川は内心理解していた。

「それがむかつく、って言ってるの。あんたのお母さん、学校帰りに私と会うとわざわざ言うんだから。『大変だろうけど、踏ん張らなきゃ駄目よ？』って、私の肩を叩いて言うんだよ！」

そんなの、言われなくてもわかってるっつーの！　他人に言われなくたって、私が一番そう思ってるっつーの！　足下の砂利を爪先で蹴散らしながら叫ぶ都に、助川は言い返さなかった。その通りだと思ったから。

「私は、たいして親しくもない他人から、可哀想可哀想って心配なんてされたくない」

そうだろう。そうだろう。

親しくもない奴から同情されて、可哀想可哀想と施しを受けるなんて、絶対に嫌だ。それを受け入れてしまったら、本当に本当に、自分は可哀想な奴になってしまう。わかっているから、むかつく。

もし自分と都の立場が逆だったら、助川だって同じことを言っただろう。

でも、だからといって、苦しみを撥《は》ね返すだけの力がないことも、わかっている。どうしようもできないと、都だってわかっているはずだ。

「わかった」

もう、絶対に、持ってこないから。頭を下げると、都はふん！　と鼻を鳴らして玄関へと駆けていった。都のことを厄介者としか思っていない両親のいる家に向かって。

シシトウと茄子の炒め物　～井坂都～

脱衣所にいると、リビングから両親の声が聞こえてきた。こちらの音はどうせ聞こえないだろうと思い、都はバスタオルで体を拭きながら盛大に溜《た》め息をついた。普通に話をしていたらここまで聞こえるわけがない。喧嘩《けんか》しているから、怒鳴り合うまではいかないけれど、喧々《けんけん》とした声でやり合っているから、脱衣所まで聞こえる。

今日は、父と母が珍しく早く仕事から帰ってきた。どちらかならともかく、二人共だなんて、本当に久しぶりだった。いつも一人で過ごすことがほとんどの家が、途端に賑《にぎ》やかになった気がした。

仕事で遅くなるとコンビニ弁当やスーパーの総菜で夕飯を済ませてしまうことが多いのに、母が久々に台所に立った。人参、キャベツ、モヤシ、豚バラ肉で、野菜炒めを作るつもりのようだ。あまり周囲をうろうろしていたら「邪魔」とか「あっち行ってて」と言われるだろうから、都はリビングで宿題をすることにした。向かいのソファには父が座り込み、テレビをじっと見ていた。

ランドセルから算数のプリントを引っ張り出し、テーブルに広げて鉛筆を持った。父が話しかけてくることもないので、都も下手に言葉をかけないでいた。

今日は、なんだか普通の家族っぽいな。分数の割り算の問題を解きながら、都はそんなことを思った。お母さんが台所で料理をして、お父さんはリビングでテレビを見ている。小学六年生の娘は、宿題。見た目は、ちゃんとした家族に違いない。

なのに、久々に「ちゃんとした家族」の時間が送れると思ったのに、また両親の喧嘩が始まってしまった。

喉が渇いたのか、父が台所の奥に置かれた冷蔵庫の戸を開けた。缶ビールでも飲みたかったのだろう。けれど残念ながら、冷蔵庫に父の目当てのものはなかった。

その際、父が何気なく溜め息をついた。「疲れた」と、ぼそりとこぼした。それが、母の中の何かに触れてしまった。

私だって疲れてるに決まってるじゃない。

ビールなんか自分で買ってくればいいじゃない。

いつも私が重い思いして買ってきてるのに。

じゃない、じゃないという言葉の繰り返しが、今度は父の中の何かに触れてしまった。

別にお前に言ってないだろ。

恩着せがましいんだよ。

二人が言葉を発するごとに、あーあーと声を漏らしてしまいそうになった。鉛筆を動かしていた右手は完全に止まり、都の目は狭い台所で対峙《たいじ》して睨み合う両親へ向いていた。

言葉を交わすごとに二人の声が荒っぽくなってしまって、母はついにコンロの火を止めてしまった。

これは長くなりそうだ。言い合いが終わっても二人はしばらく険悪ムードだろうから、夕飯どころではなくなるだろう。中途半端にフライパンで炒められた野菜は、脂を吸ってぎとぎとになってしまう。

そんな夕飯、嫌だな。

コンロの前に立って調理を進めたい衝動に駆られたけど、そんなことをしたら母はさらに機嫌を損ねてしまうだろう。父も「余計なことをするな」という顔で都を見るに違いない。そもそも、両親の喧嘩より夕飯の心配をしている自分もどうかしている。

でも。

だって。

父と母の喧嘩なんて、見飽きてしまったのだもの。もう二人が目の前でどんな汚い言葉を吐こうと、相手に手を上げようとものに当たり散らそうと、驚かないくらいに。

今から十二年前。当時の父と母は、子供を作るつもりなどまったくなかった。結婚も子育ても考えていなかった。ところがそんなとき、都は生まれてしまった。不注意だった。不運だった。

そして不運な形で家族になってしまった二人は、近々、恐らく今年中には、家族でなくなるだろう。二人の目はすでにそちらに向いてしまっていて、たった一人の娘をどちらが連れていくかさえ片がつけば、容易《たやす》く離婚する。

国語や道徳の授業で読んだ物語や、幼い頃に読んでいた絵本。親という存在は、子供を無償で愛し、誰よりも大切にする存在であると描かれていた。

最近、クラスの女子の間で流行っているテレビドラマを見ていると、どうも親とはそういう人達ばかりではないのだと、わかってきた。夫がいるのに違う男性と恋をしてしまう母親もいれば、妻でない若い女性の肩を抱いてにやにやと笑う父親もいる。子供を殴る親がいれば、洋服や食べ物は与えるけど、まったく愛情を注ぐことのできない人もいる。

そういう人が、たまたま自分の親だったのだ。自分の親は絵本の中にいるような人ではなくて、テレビドラマの中の人だったのだ。

普段は、喧嘩の行方《ゆくえ》によっては母は何も食べず風呂に入り、自室にこもる。父は冷蔵庫からビールを出して、買い置きされているサキイカやサラミをつまみに晩酌を始める。

都のことは、二人ともとりあえず忘れておく。今は自分達のことで精一杯で、娘のことまで考える余裕がないから。

けれど今日は、冷蔵庫にビールがない。お風呂もまだ沸いていない。宿題をする前にお風呂を入れておけばよかったなと後悔した。

やってられるか。そう言って父はソファの上に置かれていた財布をズボンのポケットに突っ込む。何も言わず玄関へと向かっていった。きっと近くのコンビニかスーパーへビールとつまみを買いに行くのだ。それが父の夕食。

これで今日の喧嘩は終わるのかと思ったのに、父の背中に向かって母は吐き捨てた。あんたはそうやって嫌になったら家を出ればいいんだからいいわよね、子供のことなんて私に押しつけて一人どっか行けるんですものね、と。嫌みったらしく言った。

父は振り返らず、「偉そうに」とだけ言って玄関で靴を履き、家を出た。庭で車のドアが開き、閉まる。エンジンのかかる音、タイヤが地面を踏みしめる音が続き、そのまま聞こえなくなっていった。

母はしばらく台所に突っ立っていた。そしておもむろに、フライパンの中の野菜炒めを、フライパンごとゴミ箱に放り込んだ。どん、という鈍い音は、まるで何かを叩き潰したかのように聞こえた。こんな喧嘩を両親がするようになり出した頃だったら、「お母さん、大丈夫?」なんて言っただろう。けれど都は何も言わない。黙々と、分数の割り算を解くことに集中した。大丈夫? なんて聞いたら母がなんと返してくるか、わざわざ実行しなくたってわかる。だから何も言わず、都は風呂に入ることにした。

都が風呂に入っている間に、車でその辺りを一周して帰ってきた父と母はまた喧嘩の第二ラウンドを始めてしまったようだ。もしかしたら、母がゴミ箱に捨てたフライパンと野菜炒めを見て、父がまた母を怒らせるようなことを言ってしまったのかもしれない。

パジャマを着て、リビングに行こうか自分の部屋へ行こうか迷った。リビングに解き終えた宿題のプリントと筆記用具を置きっぱなしだ。

どうしようかな。夕飯だってまだ食べてないし。このまま部屋に戻ってしまうと、恐らく夕飯にはありつけない。

でも、まあ、いいか。部屋にはこういうときのためにスナック菓子がいくつかある。それで夕飯にしてしまおう。

脱衣所を出たら、二人の声が大きくなった。言い合いの内容まで、しっかり聞き取れるくらい。今度は父が晩酌を始めてから喧嘩になったようで、父の声がいつもより乱暴で、上擦っていて、ふらふらと千鳥足を踏んでいるようだった。

リビングの扉の前を通り過ぎ、階段を上って、二階に上がろうとしたときだった。

父の声で聞こえた、「あいつ」と。

母の声で聞こえた、「あの子」と。

足を止めて、リビングの戸を見つめた。ガラス部分からは明かりがこぼれているけれど、中の様子はまったく確認できない。二人が向かい合っているのか、立っているのか、座っているのか、都にはわからない。

けれど、なんの話をしているのかはわかった。

あいつの、あの子の話。井坂都の話。私の話。

都が生まれたときの話。正確には、都ができてしまったときの話。母の腹の中で、のちのち都となるものが宿ったときの話。要は、あれは先にお前が言い寄ってきたとか、あなたの不注意だったとか、そういう内容だった。どこどこのホテルだったとか、そんな話まで出てきた。

仮に都に聞かれてしまっても、どうせ理解できないと思ったのだろうか。甘い、甘い甘い甘い。どうすれば子供ができるかなんて、もう保健体育の授業でとっくに習った。視聴覚室に女子だけ集められ、生理の授業だって受けた。友達にだって何人も生理が来た子がいる。テレビドラマや漫画じゃあ、中学生が妊娠して出産してしまうという題材のものまであるんだぞ。それを、小学生の自分が普通に読むことができるんだぞ。

あんた達がなんの話をしてるかなんて、嫌でもわかるんだ。

そんなことは眼中になく、ただただ、言いたいことを、相手への恨《うら》み辛《つら》みを吐き出しているだけなのかもしれないけれど。

薄い薄いリビングのドア。そのドアノブに手をかけ、音を立てて開ける。

父と母の声が一瞬、やむ。

ずんずんと二人の前に進み出て、ドライヤーで乾かしていない髪の毛を振り乱し、大きく息を吸う。水滴が頬に撥《は》ねる。

そんなに自分の子供が邪魔なら、堕《お》ろしちゃえばよかったじゃん！

チューゼツしちゃえばよかったじゃん！

生まれてからぎゃんぎゃん文句言わないでよ！

こっちは今更お母さんのお腹に戻れないんだから！

喉が壊れるくらいそう叫んで、目についたものをひたすら父と母にぶつけて、投げて、壊して、家ごと破壊して――しまえればいいのになぁ。

そうすれば二人は、ちょっとは自分の娘を心配するだろうか。

「あいつ」を心配してくれるだろうか。「あの子」を、気にかけるだろうか。

それとも、これ幸いとばかりに、殺すだろうか。殺せ殺せ、殺してしまえ。邪魔なんだろう目障《めざわ》りなんだろう。毎日毎日つまらない喧嘩をするくらいなら、いっそ殺してしまえ。殺してしまえ。

安っぽい金属のドアノブを、瞬《まばた》きもせず凝視しながら、自分の口がそう繰り返しているのがわかった。都にしか聞こえないようなか細く低く体温の感じられない声が、ぼそぼそと廊下に落ちる。それが、都の体を這《は》い上がってくる。うごめく虫のように都の肌を這いずり回り、口や鼻、耳、目を塞いでいく。息ができなくなる。酸素の届かない心臓が、肺が悲鳴を上げ、止まってしまいそうになった。

そのとき、インターホンが鳴った。ぴんぽーん、という間抜けな音。それが、都の鼻や口を塞いでいたものを払い落とした。

ぴんぽーん。

二回目のインターホンで、父と母の声もやんだ。母が苛立《いらだ》たしげにドアに向かって歩いてくる。咄嗟《とっさ》に、都は反対側の部屋に逃げた。階段下の、倉庫として使っている小部屋に。

玄関の戸を開けた母は、「あら」と低い声で来訪者を出迎えた。

「どうしたの、こんな時間に」

少し間を置いて、来訪者は「まだ七時前だけど」と言った。その淡泊な声に、愛嬌《あいきょう》のない言い方に、それが誰なのかすぐわかった。

近所に住む、クラスメイトの男の子だ。

他人様の家の子なのに、母の言い方は冷たい。普段はそうではないのに、今日はいささかタイミングが悪かった。だからといって、普段から底抜けに明るく、優しい人というわけでもないのだけれど。

がさ、がさ、と何かが擦《こす》れる音がした。それに声変わり前の声が被さる。彼はシシトウをお裾分けに来たと言った。母はそれを受け取ると、さっさと彼を追い返そうとした。

「そういえばおばさん、都は？」

突然彼がそう聞いてくる。母は面倒臭そうに「お風呂だよ」と短く答えた。彼は、都に宿題のことで相談がある、と言った。母はそれを「明日学校で相談すればいいじゃない」と切り捨て、リビングへと戻っていった。

しばらくして、玄関の戸が閉まる音がした。

同時に、都は倉庫から出た。生乾きの髪もそのままに、玄関で靴を履き、音を立てないように庭に出た。

クラスメイトは、まだ庭にいた。早歩きで門を出ようとしていたから、何も言わず走って追いかけた。都の足音に気づいた彼は振り返って立ち止まる。

「風呂入ってたんじゃないんだ」

そんなことはどうでもいい。彼の前に仁王立ちして、都は彼を睨みつけた。

「何しに来たの」

都の方が少しだけ背が高いので、わずかに見下ろす形になる。

「シシトウ、持っていけって言われたから」

「嘘」

「嘘じゃねえよ。持ってきたよ、シシトウ」

「あんた、お母さんに命令されて来たんでしょ」

「は?」

七月でいくら日が長いとは言っても、七時前はもう薄暗い。そんな中でもはっきりわかるくらい、彼は困惑の表情を浮かべた。

ああ、図星だ。やっぱりそうなんだ。

「うちの様子見てこいって。でも、大人が来たらいろいろ面倒なことになりそうだから、あんたを寄こしたんでしょう」

彼の母が来たのでは、いかにも問題を抱えた家庭の様子を見に来た野次馬、という状態になってしまう。だから助川を使ったのだろう。本当、彼の母はお節介だ。学校帰りに都を見かけるたび、いやに優しい声で「頑張んなさい」なんて言ってきて、気持ちが悪い。

虫唾《むしず》が走る。

「あんたが自分から、『宿題教えて』なんて私のところに来るわけないもん」

彼とは、保育園に入る前からの付き合いだ。全校生徒百数十人の小学校は、一学年一クラスのこぢんまりとした学校だ。気が合っても合わなくても、毎日顔を見て生活しなければならない。だから、彼のことは嫌でもよく知っている。クラスメイトである他の男子に比べると大人っぽく、落ち着いた性格。漫画やゲームの話題で盛り上がる連中を後目《しりめ》に、いつも物静かに過ごしている。友達は、そこまで多くない。特別先生に可愛《かわい》がられているわけでも、後輩に慕われているわけでもない。周りから一歩引いて教室を傍観しているような、そんな男の子。シシトウを届けてこいと言われて、そのついでに都のことを気にかけるような奴じゃない。

だからこれは、誰かの差し金なのだ。

「むかつく」

「なんでだよ」

一応、うちの母さんも祖母ちゃんも、心配してるんだぞ。小声でそう続けた彼を、キッと睨みつけた。

「それがむかつく、って言ってるの。あんたのお母さん、学校帰りに私と会うとわざわざ言うんだから。『大変だろうけど、踏ん張らなきゃ駄目よ？』って、私の肩を叩いて言うんだよ！」

そんなの、言われなくてもわかってるっつーの！　他人に言われなくたって、私が一番そう思ってるっつーの！

離婚した家なんて、いくらでもあるだろう。不仲の両親を持った子供だって、いくらでもいるだろう。なのにどうして、周りの連中はこうも自分を可哀想な人にしたがるんだ。

「私は、たいして親しくもない他人から、可哀想可哀想って心配なんてされたくない」

どうしてだろう。胸の奥で疑問に思う自分がいる。どうして心配されたくないんだろう。助けてほしくないんだろう。目の前に救いの手が差し伸べられているのに、どうしてそれを叩き落としたくなるんだろう。

どうしてなんて、白々しい。わかっている。自分で、よーくわかっている。施されている自分が、どうしてもどうしても、堪《たま》らなく、許せないんだ。

怒鳴られた末に、彼は「わかった」と言った。

「もう、絶対に、持ってこないから」

頭まで下げてきた。

踵《きびす》を返し、振り返らず家へ戻った。自分のことを厄介者だと思っている人しかいない場所へ、帰った。

彼——助川亮介は、何も言わず、追いかけても来なかった。それを心から、よかったと思った。

靴を脱ぎ捨て、もうこのまま自分の部屋へ行こうとリビングの前を通り過ぎた。

半開きになったドアの向こうから、何かが炒められる音がした。

リビングを覗くと、父はいなかった。恐らく風呂に入ったのだろう。台所には母の背中が見える。コンロの前に立ち、菜箸《さいばし》を持ち、フライパンを振っていた。

あの口論は、助川の持ってきたシシトウによって、終わっていた。一時休戦かもしれないけれど、でも、終わっていた。

一歩、二歩。リビングに足を踏み入れ、台所へと向かう。フライパンで炒められていたのは、先程のシシトウだった。

母は黙ってフライパンを振り、菜箸で中身を混ぜる。そろそろだろうかというタイミングで、都は食器棚から大皿を持っていった。

皿を見て、都を見た母は、「あら、ありがとう」と言って皿にシシトウの炒め物をよそった。シシトウと茄子の炒め物。

「ご飯、よそうね」

水切り台から両親と自分の茶碗を出し、炊飯器を開けた。湧き上がる湯気が顔にかかり、目がかっと熱くなった。

「お父さんはどうせ一人で食べるんだから、よそわなくていいから」

母の手が父の茶碗を水切り台に戻す。シシトウと茄子の炒め物を食卓に置き、都がご飯を盛った茶碗を自分の席に置くと、一人でさっさと食べ始めてしまった。母の斜め前の席に座り、都も炒め物に箸を伸ばした。ご飯にのせて、ご飯と一緒に口に入れる。他人の善意の塊。一方的で身勝手で、鬱陶《うっとう》しい同情の詰まった緑色のシシトウを、食べた。

悔し涙を堪《こら》えながら、食べた。悲しみでも苦しみでもなく、怒りの涙が次から次へと込み上げてきた。

抜いてしまおう、と思った。

学校の正門を出て、裏山をぐるりと回って線路沿いに学校の裏門を目指すロード練習もラスト一周。それも後半に入った。距離にしておよそ三キロ。スタート直後こそぞろぞろと集団を作っていたけれど、今は先頭には助川と春馬の二人しかいない。三メートルほど前を走る助川の背中とつかず離れずでずっと走り続けている。助川はキャプテンだけれど、あまりキャプテンらしい言動は取らない先輩だった。黙々と走って、背中で語るタイプなのだと思う。春馬が入部した時点で、二年生にして部内で一番五千メートルのタイムが速い選手だった。この人に勝てば、部で一番速いランナーになる。そして恐らく県でもトップに、北関東でも上位の選手になれる。そういった意味で、彼は非常にいい基準になってくれた。

この夏に行われたインターハイ県予選、北関東予選と、タイムはすべて互角だった。インターハイ当日、五千メートルの予選だけ、彼に負けた。自分が遅かったのではなく、彼の調子がよすぎたのだ。

インターハイ後、ますます彼を追い抜きたくなった。もともとどうも性格が合わない相手なのだ。後輩にも厳しく当たる人で、褒められて伸びるタイプの自分とは反りが合わない。だから、三年生が引退するまでに、彼より速いランナーになりたかった。

子供っぽくなんでもかんでも張り合うつもりはないが、勝てるところでは勝っておきたい。そう思い、春馬は助川の背後にぴったりとつけていたコース取りを変えた。いきなりコースを変更するとペースが乱れるから、百メートルほどの距離の間に、ゆっくりと助川の右後方に移動した。これで、このあとの右カーブでインコースに回ることができる。その瞬間に、彼を抜こう。ずっと後ろを走っていて、助川が今どういう状態なのか表情から読み取ることができないのが不安なところだが、どうせ助川は苦しいときもたいして表情を崩さず、余裕をかました顔でいるからあまり意味がない。

カーブのない直線コースが終わり、大きな右カーブに入る。春馬は足の回転を少し速め、助川を一気に抜き去った。駆け引きの苦手な自分にはどうせ無駄なのだからと、助川の表情は見ないでおいた。ここを曲がれば線路を離れ、神野向《かみのむかい》高校の裏門へ続く坂に入る。上り切れば、ロード練習は終わりだ。

助川がぴたりと後ろについているのがわかる。自分を再び抜く気があるなら、きっとこのあとの坂でしかけてくるはずだ。

上り坂に入ると、足の裏がぐっと重くなった気がした。走り続けていた体が最後の試練に悲鳴を上げるようだった。足の裏全体で地面を蹴ることを意識しながら、下手なことはしないでおく。焦って走るペースや姿勢、呼吸を変えたら体がびっくりしてしまう。長い距離を走るには、リズムが大事なのだ。一定のペースで、一定のテンポで走る。急激に何にも余裕が出てくる。

背後で助川の息づかいがする。決して楽そうではない。相手も苦しいと思えば、気持ちかを変えてしまってはいけない。

上りもあと五十メートルほどというところで、視界の隅にちらちらと助川の姿が見えるようになった。ほとんど並走している状態だ。彼の視線が、自分の頬《ほお》に刺さっているのがわかる。なんだ、まるでこれじゃあレース本番じゃないか。「普段の練習からレース本番のつもりで」が顧問やコーチの口癖だから、彼はそれを忠実に遂行していると言える。

坂の終わり、一番斜度がきつくなるところで、助川がギアを入れ替えるのがわかった。カチ、カチ、と、音まで聞こえてきそうだ。

助川のラストスパートは相変わらず力強かった。残っていた力をすべて解放するかのように、春馬を抜き去っていく。くそ、ここでスパートするって、どんだけ性格が悪いんだよ。馬鹿じゃねえの。口にする元気と体力と余裕があれば、そう吐き捨てていた。

結局、いつも通り助川が一番でロード練習を終えた。いつも通り、春馬が二番目。タイムを計っていた腕時計のストップウオッチを止める。タイム自体は悪くなかったけれど、結局助川に負けてしまった。

両膝《りょうひざ》に手を突いて大きく息を吸う春馬の横で、助川も肩を上下させていた。これで平然としていたら、殴ってやりたいくらいだ。

「最後、よく粘ったな」

呼吸の合間にそう言い、こちらを見下ろしてくる。

「お陰様で」

しばし間を置き、助川はもう一度こちらを見た。一度、二度、春馬から目を逸《そ》らしたあと、「なあ」と声をかけてくる。

「早馬、最近どうしてる」

突然、兄のことを聞いてきた。インターハイが終わって早馬が部を引退してから、初めてのことだった。もはや助川にとっては、陸上をやめた早馬は過去の人になってしまったのだと思っていた。数多《あまた》の「陸上の世界からふるい落とされた連中」の一人になってしまったのだと。

「ずっと、勉強してますよ」

「成績、どうなんだ」

「まずいみたいですね。全然合格ラインまで届いてないって話です」

早馬は自分の口から成績のことは話さない。すべて、父から聞いたことだ。

「管理栄養士か、手堅い職業を目指したもんだな」

「同級生の女子と料理するのが楽しいようで、それで触発されたそうですよ」

「井坂都だろ」

「知ってるんですね」

「同級生だからな」

そこまで言って、スポーツドリンクの入ったボトルを片手に助川はトラックの外へ出ていく。練習後のストレッチを行うため、部室前の通路へ行くのだろう。結局何が話したかったのかわからない。なんとも彼らしくない。

あとを追いながら、春馬は彼の背中に問いかけた。

「助川先輩は、どう思ってるんですか」

「井坂都のことか」

「いや、兄貴が管理栄養士を目指してること」

「別に、あいつが決めたならいいんじゃないのか」

随分前に都に言ったことと同じことを、春馬は思い切って聞いてみることにした。

「助川先輩は、兄貴に受験、失敗してほしいですか？」

ざっ、と助川のランニングシューズが土の上を滑る音がした。こちらを振り返り、春馬を睨んでくる。

「喧嘩売ってるのか」

「いえ、売ってません」

「なら、そんなくだらないこと聞くなよ」

くだらねえ。わざわざそう繰り返して、助川はスポーツドリンクの入ったボトルを呷《あお》った。喉を鳴らす助川の横顔を見つめながら、春馬は確信した。彼にとってまだ眞家早馬は過去の人でもその他大勢にもなっていない。堅物な彼は入部当初から苦手だったけれど、辛《かろ》うじて自分達の間にも共通点というか、似た者同士な部分があったようだ。

口元をほころばせる春馬に背を向けて助川は一人、両肩をストレッチしながらトラックを出ていく。その背中を見ながら、春馬はふと思った。一体いつから、助川の次にゴールするのが当たり前になったのだろうと。なんの違和感もなく自分が部内で二位になるようになったのか。

そして兄は、それをどう思っていたのだろう。

門扉から足を一歩踏み出した瞬間から、肉の焼ける香ばしい匂いがした。ただフライパンに油を引いて肉を焼いているのではなくて、ニンニクや生姜《しょうが》や酒と一緒にじっくり焼いている匂いだ。

台所を覗くと、早馬が菜箸を片手にじっとフライパンを見下ろしていた。学校から帰ってきて制服を着替えもせず、エプロンをして台所に立っていた。

「何作ってんの」

声をかけると、ちらりとこちらを振り返って「美味いもの」とこぼし、再び向き直ってしまった。仕方なく近寄って肩口からフライパンを覗き込んだ。

「うわっ、何これ」

眞家家で一番大きなフライパンの上では、肉の塊がニンニクと生姜の欠片《かけら》と共に焼かれていた。焼き肉屋でもバーベキューでもお目にかかれないような、塊。

「これ、どうしたの」

「買った」

「買ったぁ?」

いくらすんの、これ。その呟《つぶや》きに、むっ、と眉を寄せて早馬は春馬を見た。

「値段は見ないようにして買った」

「どうして」

「美味いもの食いたかったから」

ああ、これは、余程嫌なことがあったんだろうな。さり気なく食卓を確認すると、早馬の鞄《かばん》が投げ捨てられていた。教科書やノート、筆記用具が飛び出して散乱している。その中に、クリアファイルに挟まった模試の成績表があった。あまりじろじろ見ると早馬に気づかれてしまいそうだから、横目でちらりと見るだけにする。

何があったかなんて、聞かない方がいいだろう。

鞄の隣には都のレシピノートが開いたまま置いてあった。献立名はローストビーフ。牛《ぎゅう》腿肉《ももにく》の塊に塩コショウをして、ニンニクと生姜のスライスと共にフライパンで焼く。外側が焼けたら、赤ワインと醤油を投入。その後、火を止めて一時間ほど休ませる。

一時間ほど休ませる、という無骨な文字で書かれた一文を確認し、春馬はしばらく食卓に寄りかかって早馬が調理をする様子を眺めていた。その視線を早馬がどう感じているのかは、なんとなくわかる。わかるけれど、しばらくそのままでいた。

早馬がフライパンに蓋《ふた》をしてコンロの火を消したのを確認して、すかさず声をかけた。

「一時間、休ませるんでしょ?」

都のレシピノートを指さして言うと、早馬は怪訝《けげん》な顔をしたまま首を縦に振った。

「ジョッグ行きたいから、付き合ってよ。ぴったり一時間、堤防をぐるっと回って帰ってこよう」

時刻は夜七時。一時間休ませれば八時。その頃には父も帰ってきて、三人でこの肉の塊を食べられる。今日はロード練習だった上に、助川と結構いい勝負ができたのだ。もう少しだけ気分よく走って、しっかり肉を食う。悪くない。

「たまには、付き合ってくれてもいいだろ、お兄ちゃん」

久々に、本当に久々に、そう呼んでみた。兄に負けるのが悔しく感じるようになった頃から、この呼び方は封印していた。

いつもなら、陸上をやめてしまってからの兄なら、絶対に嫌だと言う。けれど今日は断らない気がしたのだ。毎日毎日遅くまで勉強しているのに、模試では思ったような成績が取れない。偏差値が上がらない。志望校の判定が悪い。料理をすることで、苛々《いらいら》を晴らそうとしている。

そんな日なら、自分と一緒に走ってもいいと思ってくれるのではないか、と。

革靴なんて履いたことないな。玄関でランニングシューズを履く早馬を見て、そう思った。練習用の上等なものではないけれど、春馬も、陸上部で真面目に練習していた頃の早馬もランニングシューズを普段使いにしていた。陸上を続ける限り、ずっとそうなのだろうと思う。

三年に進級してから、早馬は高校の入学式のときに祖母に買ってもらった革靴を履いて登校するようになった。窮屈そうで重そうな足で、スクールバスの止まるロータリーから教室棟への階段を上がっていくのだ。

「遅れたら置いていってくれ」

「ジョッグなんだから、そこまでスピードは出さないよ」

シューズの紐《ひも》を確認して両の足首を回す。次に腕を、手首を、最後にその場で軽くジャンプして、歩道に出た。わずかに遅れて、早馬がついてくる。

家を出てすぐに市道から田圃の中を突っ切る農道に入って、河原を目指す。土の道は足への負担も少なく、堤防へと続く道は起伏があってクロスカントリー気分で走ることができる。延々と河岸の景色が変わらないのだけが難点というか、つまらないのだけれど。

小学校のマラソン大会を走っている頃から、練習するのはこの道だった。中学、高校と進んでいくうちに距離が伸び、今では川を下って湖に出て、さらにその先まで走れるようになった。

足の裏が土を踏む乾いた音を、リズミカルに一定のペースを刻む音を心地よいと感じながらしばらく走っていたら、すぐ後ろにあったはずの兄の足音が微かに遠くなっていた。

振り返ると、目が合った。

「膝、痛いの？」

「お前が速いんだよ」

「嘘だ」

「冗談」

しかし参ったな。やっぱり体が重いや。溜め息と一緒にそうこぼした早馬は、少しペースを上げて春馬に並走した。

「体が何かに引っ張られてるみたいだ。筋肉量も凄《すご》いことになってるんだろうな、これ」

太ったと言っても、痩せ気味だったのが恐らく普通の体重になっただけだ。

「それに、どうしても右足に負担がかからないように走っちゃうんだ」

いいフォローが出てこなかった。

春馬は今まで故障をしたことがない。故障とは一体どんなものなのか体験したことがない。どんな気分なのか、どんな痛みなのか、故障を抱えて走ることがどんなふうに怖いのかも、よく、わからない。

わかっていたら、何かが変わったのだろうか。

田圃を抜けて土と砂利でできた坂を駆け上がり、堤防に出る。視界が開けて生臭い水の臭いが鼻に纏《まと》わりつくようだった。どこかで魚でも死んでいるのだろうか。いつもより臭いが濃い気がした。

川を下って湖に出て、一番大きな橋まで行ってちょうど三キロ。程よく高低差があり、車の往来のない走りやすい道。慣れたコースだけれど、早馬は一度も春馬の前に出なかった。斜め後ろを、一定のペースでついてくる。呼吸の乱れも感じられない。リハビリをサボっていたとはいえ、何年も散々走り込んできたのだ。これくらいなんてことないはずだ。

故障する前は、この道を走るとき、前を走るのは早馬だった。練習のときも、上級生でタイムも部内で二番目だったから、基本的に集団の前の方を走っているのだ。そのせいなのか、春馬も自然と兄の後ろにつくことが多かった。案外それは、小学校の頃からの癖なのかもしれない。たとえ日々のジョギングだとしても、兄の後ろを走っていることに慣れてはいけないのだと思って、ときどきあえて前に出て走ったりもした。けれど、気がつくと並走していたり、後ろを走っていたりする。

でも、今日はどれだけ走ろうともそうはならないだろうと確信していた。

徐々に辺りが暗くなっていき、近くで誰かが枯れ草でも焼いているのか、煙の臭いがした。遠くから牛小屋の臭いが風にのって漂ってくる。

薄闇に振り返ると、早馬との間には五メートルほどの距離ができていた。早馬の方が意図的に距離を開けていたように思えた。

折り返し地点はいつも、湖に架かる大きな橋だ。自分達が生まれた頃にできた橋は、隣町と繋がっている。そこまで来て立ち止まると、わずかに兄の呼吸が乱れているのが感じ取れた。両膝に手をやって、外灯の光が輪のように広がる湖面を見下ろす。息を吸って、吐く。それを何度か繰り返して、呼吸を整える。

すっかり暗くなっていた。往来する自動車はしっかりとライトを点け、古ぼけた外灯の光も白く自己主張している。

「今日、何があったの」

「何が」

「何かあったから、あんなでかい肉を焼いてたんじゃないの？」

ああ、と白けた返事をして、早馬は欄干に頬杖《ほおづえ》を突いた。春馬もすぐ隣で同じようにする。

「模試の結果が返ってきて、進路指導の先生に呼び出された」

「日農大《にちのうだい》、やばいって？」

「本気で日農大に受かりたいなら、よそ見をするなってさ」

よそ見。それは、調理実習室で都と料理をすることを指しているのだろうか。確かに、志望校に偏差値が届いていない受験生にとっては、放課後に料理なんてしている場合じゃないだろう。

「勉強を第一にしないといけないって、わかってはいるんだけどさ」

「そんなに井坂さんに会いたいわけ？」

「会いたいっていうか、一緒に料理していると気持ちがいいんだよ」

気持ちがいい。曖昧《あいまい》な表現に春馬は溜め息をついた。そのまま肩を揺らして笑う。優柔不断な兄らしい言葉だ。

早馬が「なんで笑うんだよ」と不機嫌そうにこちらを見る。

「いや、なんか、面白かったから」

好き、と言うのかと思った。そう言われたらどうしよう、とまで思った。

「部活で走るより、気持ちいい？」

「そうだな」

さらりと言ってのける。胸にはっきりと、鋭い痛みが走った。そんな易々と肯定できるくらい、早馬の中で走ることと料理をすることは差がついてしまったのか。

風が少しだけ強くなったのか、橋脚に打ちつける波の音が大きくなった。白い波の破片が丸い粒となり、跳ね上がる。自分達のところまではもちろん届かないけれど、確かに見えた。

「帰るぞ」

早馬が言った。

「ローストビーフのソース、作らないと」

ゆっくりと早馬の腕が両膝から離れる。最初は静かに、そして徐々に歩幅を広くしていき、走り出す。その後ろに、春馬も続いた。ちょっとでも間が開くと、外灯と外灯の間の暗闇に兄の背中が溶けてしまいそうだった。

「あのローストビーフ、どうするの」

「丼にしようと思ってたんだけど」

「手まり寿司にしてよ。小さくて丸い奴。前にテレビで見たことがある」

面倒臭いものを注文してくるなぁ。そう呟きつつも、早馬の声はどこか弾んでいた。あれが食べたい、とリクエストされるのは嬉《うれ》しいのだろう。

「肉だけじゃあなんだし、卵と漬け物の手まり寿司も作ってやるよ」

やった。ありがとう。握るのくらいなら手伝うよ。そう言おうとして、まったく違う言葉が喉をこじ開けて這い上がってきた。

「なあ、兄貴」

「なんだ」

本当に久々に、兄の後ろを走る。そんな当たり前が当たり前じゃなくなった。そして消えていく。

「走るの、やめられてよかった？」

答えずに走り続ける早馬の背中を春馬はじっと眺めていた。土と砂利と草を踏む音が、心地よく聞こえる。二人分の足音が混ざり合って、コミカルで軽やかな一つのリズムになる。

「なあ」

もう一度、これを聞いたら、あとは黙って家まで走ろうと思った。

「俺が走ってると、レースで勝つと、むかつく？」

ざっ、という重い音を立てて、早馬が立ち止まった。外灯の光の届かない闇の中で音もなく振り返って、大股で春馬に近づいてきて――。

平手で、春馬の頬を引っぱたいた。

痛みが頬で弾ける。乾いた音と、一瞬だけ感じた早馬の湿った掌《てのひら》。同時に、どうして、という声が聞こえた。自分の声だった。


どうして、兄貴がここにいないんだろう。

去年の冬、関東高等学校駅伝競走大会。その直前に膝の故障が発覚した早馬は、レースに出られなかった。三区を走った春馬が襷《たすき》を渡したのは、補欠の二年生だった。中継地点が見えたとき、そこに早馬がいないのはわかりきっていたはずなのに、ふと疑問に思ってしまった。どうして、眞家早馬はそこで自分が襷を届けるのを待っていてくれないのだろう。県大会で自分が無様な走りをしたせいなのか。あの失態を、関東大会では取り返したいと思っていたのに。

夏のインターハイも、そうだった。

春馬の前を走っていたのは、助川と藤宮だった。隣はもちろん後ろにも早馬の姿はなく、大勢の人間の足音、息づかい、汗の臭いがそこにはあるのに、早馬のものはどこを探してもない。一生、ない。

そしてきっと、この冬の駅伝の大会でも、同じことを思う。来年の大会もそう。大学でも陸上は続ける。その先、社会人になっても自分は走っているのだろうか。

ずっとずっと、兄の背中が、足音が、呼吸が、匂いがないコースを、延々と走り続ける。

走っていられるだろうか。果たして自分は、耐えられるのだろうか。

「頑張れ」

春馬の頬を引っぱたいた右手もそのままに、早馬は言った。震える声を喉に力を入れることでなんとか正そうとしているのがわかる。

「俺の分まで、お前は走れ」

痛いくらい、わかる。

「ちゃんと走れ」

いつかの井坂都の言葉を思い出す。

弟のあんたが思ってるよりずっと、あんたの兄貴は格好悪いんだよ。

いい兄貴なんかじゃない。弟に負けるのが怖いし、許せないし、嫌なんだよ。

そうだ。自分の前では、早馬は常に兄貴なのだ。兄貴でしかいられないのだ。自分の前で、兄は本当のことは何一つ言えないのだ。

「最近さ」

頬から顔全体に広がっていく痛みを受け止めながら、口からはそんな言葉がこぼれていた。早馬はまだそこにいる。地面にしかと両足をついて、仁王立ちして、春馬を見ている。睨んでは、いなかった。

「走ってて、本格的に苦しくなったらさ、考えるんだ」

春馬の視線の先には、たった今自分の頬を叩いた早馬の右手がある。ほんのり赤く染まった掌。自分の頬も同じ色をしているのだろうか。

「今日の晩飯、何かなって。兄貴、今日は何作ってくれるのかなって」

ねえ、兄貴。擦《かす》れた声でそう呟いて、なんとか、その言葉を捻《ひね》り出した。

「今度の駅伝、去年みたいなことは、しないから」

なんて虚《むな》しく、悲しい言葉なんだと自分を嘲笑《あざわら》いながらも、それでも口にせずにはいられなかった。

「次は絶対に、一番で持っていく」

チンゲンサイとハムの炒め物　〜井坂都〜

都ちゃんは運動会の日、お父さんとお母さんのどっちが見に来るの？

夏休みが明けた九月のある日、クラスメイトの女子にそんなことを突然聞かれた。多分、どっちも来ないよと、正直に答えた。

その日の帰りの会で突然、その子とその子の友人達が、運動会の日のお昼ご飯は、クラス全員で教室で食べようと提案した。

小学校最後の運動会なんだから、クラスみんなで食べた方がいいと思うんです。

お家の人とのお弁当もいいけれど、やっぱり友達と食べる方が美味《おい》しいと思います。

それに、家族が運動会に来れない人だっているかもしれないし、そういう子達だけ教室で食べるのも寂しいじゃないですか。

そうやって次々とクラスの女子が提案にのっていき、一部の男子も「別に家の人と弁当なんて食いたくねえし」と賛同しようとしていた。

それを聞いた担任が何か言う前に、都は自分の机を両手でばん！　と叩いて立ち上がっていた。家族が運動会に来られない人だっているかもしれない。そんなの、自分だけに決まっている。

都の両親が運動会に来ない。都は一人ぼっちでお弁当を食べる。それを知ったから、みんなで話し合ったのだろうか。都ちゃんが可哀想だから、帰りの会で提案しよう、と。それはきっと正しいことだ。優しい行為だ。可哀想な人を気づかうとてもいい行為。ただ、それを受け取る私の心が、おかしいだけなんだ。

クラス中の人間が、大きな音を立てて立ち上がった都を見ていた。机の横にかけてあったランドセルを背負い、何も言わず、駆け足で教室を飛び出した。振り返らず立ち止まらず昇降口まで走り、上履きから靴へ履き替えて、学校を飛び出した。

運動会なんて、休んでしまおう。ああ、でも、それはそれで「お父さんもお母さんも来てくれなくて、運動会をズル休みした可哀想な都ちゃん」になってしまうのだろうか。

じゃあ一体、どうしろっていうんだ。

足を動かすたびにランドセルが上下にぐわんぐわん揺れて、真っ直ぐ綺麗《きれい》に走れない。

家まであと少しというところで、「都ちゃん」と名前を呼ばれた。嫌な予感がして振り返ると、自転車に乗った助川の母が手を振っていた。

「学校、もう終わったんだね」

自転車でこちらに近づいてきた助川の母は、はっと思い出したように自転車の前籠《まえかご》から手提げ袋を出した。

「都ちゃん、チンゲンサイ持っていかない？」

先程、なんとかさんの畑の前を通りかかったらたくさんもらえたのだという。半分持っていかない？　と、なんの返事もしていないのに、手提げ袋に土のついたチンゲンサイを移し始めた。

「はい、取れたてチンゲンサイ。お母さんに野菜炒めにでもしてもらって」

都の両手に、手提げ袋を押しつけてくる。いらない、こんなの。欲しくもないものもらったって迷惑なだけって、なんでわかんないの。そう言えたらいいのに。都の手は手提げ袋を受け取り、「わあ、ありがとうございます」と勝手に口が動いてしまう。

ずっとこうなのだろうか。ずっとずっと、中学生になっても高校生になっても大人になっても、自分はずっとこうなのだろうか。こうでないといけないのだろうか。

「ねえ都ちゃん、今度の運動会、お家《うち》の人は来るの？」

「来ないです」

首を横に振ると、助川の母は、クラスメイトの女子と同じ顔をした。

そして、言うのだ。

「じゃあ、お弁当、うちと一緒に食べない？　なんならおばちゃん、都ちゃんの分のお弁当も作っていくよ？」

大丈夫。亮介の分も作るんだから、一人分増えたって一緒だから。そう続ける助川の母に、なんとか、声を絞り出した。

「大丈夫です」

本当に？　とこちらを哀れむように微笑む助川の母に、都は「大丈夫です」と繰り返した。その微笑みさえ、薄ら笑いに見えて仕方がなかった。

「お弁当、お母さんが作ってくれなかったら自分で作るんで。食べるのだって、別に一人で大丈夫なんで」

それじゃあ、さようなら。チンゲンサイありがとうございます。そう言って、手提げ袋を両手で抱きしめるようにして助川の母から離れた。自転車で追いかけてきたらどうしようかと思ったけど、その気配もなかった。

きっと、助川の母は自分の背中を見ている。強がる可哀想な、いたいけな女の子を見る目で。だから、絶対に振り返らなかった。

誰もいない家の鍵を開けて、チンゲンサイの入った手提げ袋を食卓の上にぶん投げた。冷蔵庫を開けて牛乳のパックを取り出し、直接口をつけて飲んだ。わざわざコップを出すのも煩《わずら》わしい。

随分前に助川が持ってきたいちじくは、誰一人手をつけることなく腐り始めていた。腐ったものを冷蔵庫に入れっぱなしにしているのを父が見つけたら、絶対に小言をこぼす。それを母が聞いてしまったら、また喧嘩になる。

いちじくをゴミ箱に放り込み、空いたスペースにチンゲンサイを手提げ袋ごと入れようとして、自分の言葉を思い返した。

お弁当、お母さんが作ってくれなかったら自分で作るんで。

食べるのだって、別に一人で大丈夫なんで。

家ではしょっちゅう一人で食事しているんだから、一人ぼっちでお弁当なんてどうってことない。でも、自分の分の弁当なんて作れない。ご飯におかずを数品と、デザートの果物。そんなの絶対に無理だ。おにぎりくらいならできるかもしれないけど、それはそれで、やっぱり可哀想な子なのかもしれない。せっかくの運動会なのに、お弁当がおにぎりだけだなんて。唐揚げも卵焼きもおいなりさんもなく、米を丸めて梅干しを入れただけのものだなんて。

どうして、たかが弁当一つでこんなに嫌な思いをして、こんなに周りから「可哀想」と思われるしかないのだろう。

しまいかけたチンゲンサイを手提げ袋から取り出し、水道水で洗った。土を洗い流し、まな板も使わず、天板の上でザクザクと包丁で切っていった。棚からフライパンを持ち出して、油を引いてコンロにかけた。冷蔵庫から使いかけのハムのパックを出して、適当なサイズにむちゃくちゃに切って、チンゲンサイと一緒にフライパンに放り込む。チンゲンサイがどうなれば火が通ったのか、美味しく食べられる状態なのかもわからず、適当に芯が透き通ったら火を止めた。

目についた密封容器にチンゲンサイとハムの炒め物を入るだけ入れて、それを手提げ袋に入れて、家を出た。

先程歩いた道を、徒歩十分のところにある助川の家に向かって、走った。学校から家に帰るときよりずっと速く、強く、走った。まったく、今日は走ってばっかりだ。そう毒づきながら、農道の砂利を蹴り飛ばしながら、市道のひび割れたアスファルトの上を、助川の家へと続く下り坂を、スピードを緩めることなく走った。

助川の家にはインターホンがない。「ごめんください」の言葉もなく玄関の引き戸を開け、一歩、二歩、家の中に足を踏み入れる。

玄関の目の前にある居間から、助川が現れた。彼は目を丸くし、「井坂？」と自分の名前を呼ぶ。ランドセルを肩にかけたままだ。帰ってきたばかりなのだろう。あのあと、帰りの会はどうなったのだろう。

彼の胸に、密封容器を押しつけた。

さっき、彼の母親がそうしたように。

「あんたのお母さんがくれたチンゲンサイ」

「へ？」

「料理したから、お返しに来たの」

ほら、受け取れよ、ほらほらほら。乱暴な口調で捲《まく》し立てると、助川は戸惑いながらも両手で密封容器を受け取った。

「今まで野菜をお裾分けしてもらっても、何も返さなくてごめんなさいね」

嫌みったらしく言う。

「気の利かない一家で申し訳ございません。次からは、ちゃんとお返しに参りますので」

助川の顔をはっきりと睨みつけ、「さようなら！」と玄関の戸を閉めた。みしみしみしと木の扉が悲鳴を上げ、ガラスが歪《いびつ》な音を立てる。

また走って帰った。ばーかばーかばーか。誰がお前なんかの施しを受けるか、ばーか！　叫びながら帰った。そんなものいらない。なくても生きていける人間になってやる。よーくよーく、見てろ。

ばーか！

＊＊＊

「あの菜っ葉の炒め物、めちゃくちゃ不味《まず》かった」

翌日、教室に現れた助川は、開口一番そう言ってきた。

「火、全然通ってないし、油でべちゃべちゃだし、しょっぱかったり味がしなかったりするし。母さんが一応夕飯に出してくれたんだけどさ、みんな一口食べた途端、無言だよ無言。それくらい不味かった」

しかも、朝から腹の調子悪いしさ、どうしてくれんだよ。自分の腹をさすりながら、助川は炒め物の味を思い出したのか、眉をハの字に歪《ゆが》める。

「お返ししてくれるのはいいけどさ、やるならもっとちゃんと料理の勉強した方がいいよ。腹壊すって、あんなもん食ったら」

本当、本当に不味かったから。お前ちゃんと味見したの？　そんな助川の言葉に釣られるように、何人かが都の机の周りに集まってきた。一人ひとりに助川は「都の料理、めちゃくちゃ不味くてさ。朝から腹痛いんだよ」なんて言う。

思いっ切り、引っぱたいてやった。

わかったよ！

やってやるよ！

そのうち美味いって土下座して言わせてやるから！

そう言いながら何度も彼の頭や顔や肩を叩くと、助川は微かに笑いながら「じゃあ、楽しみにしてるわ」と言って、自分の机へ逃げていった。

トマトのドライカレー　～助川亮介～

「井坂、あんまり遅れてると、はぐれるぞ」

振り返った先の都は、さっき確認したときよりずっと後方にいた。間に違う班を挟んでしまっている。

「おー、悪い」

駆け足で班に合流した都は、手で口元を隠すことなく大きなあくびをした。

保育園、小学校、中学校と同じ学校に通っていた幼馴染みと、まさか高校でも一緒になるとは思っていなかった。同じ中学から入学してきたのが助川と都だけだったからなのか、クラスまで一緒になってしまった。そして入学式から一週間。一年生同士の交流とクラスの団結を深めるために、県内の宿泊学習施設で行われた一泊二日の合宿。助川と都は、同じ班に振り分けられた。

早朝にバスで学校を出発し、宿泊施設で昼食を取ったと思ったらオリエンテーリングが始まる。施設が建つのは山の上。そこから地図を片手に山の中に張り巡らされたポイントを通過して、スタンプを押して回るという退屈なものだった。

何より、同じ班のメンバーとペースを合わせてちんたら歩くのがかったるい。しかも助川はジャンケンに負けて班長の役目を押しつけられていた。

「はぐれたら大変だから、ちゃんとついて来いよな」

「見逃してるチェックポイントとか、ないかなと思って」

助川の班のメンバーは五人。男子三人、女子二人という構成なのだが、助川と都以外はどうも顔見知り同士らしい、仲よく並んで、楽しそうに話をしながら少し前を歩いている。ときどきこちらに話を振ってきてくれるのだが、助川の「合宿なんて面倒臭い」という気持ちが伝わってしまっているのか、その回数は減りつつある。

入学してまだ一週間とはいえ、入部した陸上部はもうすぐ大会が控えている。貴重な時間を新入生合宿ではなくて、陸上の練習に使いたい。大体、こんな面倒なイベントなどわざわざ開かなくても、気の合う者同士は自然と仲よくなるし、合わない者同士はどんなイベントを通してだって合わないのだから。

「つまらないか?」

隣から、都が見上げてくる。前を歩く三人を顎《あご》でしゃくって、「混ざればいいのに」と付け足した。

「いいよ、面倒だし」

小声でそう返すと、都は「なーんだ」と拍子抜けしたように肩を竦《すく》めた。

「私を一人にするのが忍びなくて、気をつかってるんじゃないんだ」

「よくそう都合のいい方に考えられたもんだ」

中学校とは違い、高校はさまざまな学区から生徒が集まる。さすがに助川も、高校で出会う新しい顔ぶれに、多少の不安や期待は感じながら入学式を迎えた。けれどこうして新入生合宿の班に幼馴染みがいるとその緊張感も緩んでしまう。

都も都で、最初くらい猫を被っていればいいのに、入学式からずっとこの調子だ。大きな声で、そして乱暴な口調で話す。他の中学から進学してきた女子が少し距離を取ってしまうのも無理はない気がした。

そして助川も、そこまで友人を作るのが上手いわけでも、早いわけでもない。無意味に大量の友人が欲しいとも、思わない。

「怠《だる》そうな顔してるな」

「退屈だ」

「あんたなら、こんなコースひとっ走りだもんね」

「ポイント探しながらだから、そうはいかねえよ」

でも、このオリエンテーリングのコースはクロスカントリーにはもってこいだ。湿った土はシューズ越しでも足に心地いいし、生い茂った木はいい日よけになる。小川や小さな滝が現れたりと、景色もくるくる変わる。楽しく走れそうなコースだ。

「やっぱり、一年の陸上部じゃあ一番速いのか?」

「そうでもない。結構速い奴、他にもいるよ」

すでに新入部員による一年生レースなるものが行われ、一緒に入部した連中がどれほど走れる奴らなのか実践の中で確認済みだ。特に速かったのは、六組の眞家早馬。奴は速い。

中学のときからそうだった。走りにムラがなくて、周りがどういう走りをしていようと自分のペースで安定したレースをする。顧問は安心して彼を大会に出せるのだろうな、とずっと思っていた。

「ガキの頃から速かったもんな、あんた」

助川が班のメンバーに距離を取られたのをいいことに、暇つぶしの相手にされてしまった気がする。

都の言う通り、助川は昔から足が速かった。短距離より、長距離の方が得意だったし、好きだった。道具も乗り物も使わないで、自分の体だけでびっくりするくらい長い距離を走るというのがいい。自分の足で地面を蹴るときの、あの「前に進んでいる感じ」がいい。という話をしても理解してもらえない気がしたので、やめておいた。前を歩く三人が木の虚《うろ》の中にチェックポイントを見つけた。「やったー見つけたよ！」ともう一人の女子、雨貝《あまがい》がスタンプを押した台紙を助川と都にも見せてきた。

オリエンテーリングは早くもなく遅くもない無難な順位で終わった。そのあとは各班に現金が配られて、班ごとに夕飯の献立を決めて買い出しをし、調理をすることになっている。助川と都以外の三人が山の麓《ふもと》にあるスーパーまで出かけていき、残された二人は野外炊飯場で調理器具の準備に当たった。

ところが、日が傾きかけた頃に戻ってきた三人を、そして彼らが運んできたスーパーの袋を見て、助川は愕然《がくぜん》とした。

「カレー作ろうとしてるのに、カレーのルーがないじゃん」

雨貝と残りの男子二人——石川《いしかわ》と森下《もりした》を見る。雨貝がぐっと握り拳《こぶし》を作って、なぜか瞳をきらきらさせて頷いた。

「せっかくみんなで作るんだから、カレー粉から作ろうと思って」

石川と森下は、どうやら雨貝に押される形で言われるがまま食材を買ってきたようだ。

「あとこの鶏肉、手羽元じゃん」

「石川君は牛肉がいいって言ってたんだけど、高くて買えなくて。鶏肉を買うなら骨付きがいいって力説してたから」

石川が気まずそうに視線を逸らす。

カレー粉、鶏手羽元、ジャガイモ、トマト、茄子、人参、玉ねぎ、ニンニク、リンゴ、キウイ、バナナ、苺《いちご》、なぜかヨーグルトもある。

「デザートに、フルーツヨーグルトが食べたいな、って思って」

溜め息をしても許される気がした。助川が大きく息を吸い込んだとき、横から都が袋を覗き込んできた。カレー粉の入った瓶《びん》を摘《つま》み上げ、都は肩を竦めてみせる。都が三人に暴言を吐いてしまう前に、できるだけ柔らかい声色で教えてやった。

「ルーがないなら、カレー粉以外にスパイスとか、いろいろ入れないとカレーにならないんだよ」

「うっそぉ、本当に？」

雨貝だけでなく、石川と森下も目を丸くする。駄目だ。こいつらに買い物を任せちゃいけなかったんだ。カレーにトマトや茄子を入れようという余計な考えはあったようだが、肝心のルーを買ってこないとは。

「どうしようか」

呑気《のんき》に腕を組む雨貝、石川、森下の三人に苛つきながら、「先生のところに行ってくる」と、辺りを見回して担任の姿を探し始めたときだ。

「どうしてもカレーがいい？」

ビニール袋から食材を次々に出して木のテーブルに並べ、都は雨貝達を見た。合宿が始まってからろくに都と話をしていない三人は、戸惑いつつも顔を見合わせる。

「俺は食えるならどうだっていいぞ」

さっさと話を進めたくて、助川はそう言った。雨貝も石川も森下も黙って頷いた。そして都は食材の山を見下ろし、大きく頷いた。

「ハヤシライス、嫌いな奴はいるか？」

そう助川を含めた四人に聞く。誰も「嫌いだ」とは言わなかった。

「じゃあ、鶏手羽元のハヤシライスを作ろう。私がメインで作ってもいい？」

そう言いながらも、すでに彼女の両手は調理の準備を始めている。調理器具が入った大きな籠《かご》からまな板と包丁を出し、ザルに野菜を入れて森下に「洗ってきて」と渡した。手羽元をバットに並べ、石川に「塩コショウしてひたすら揉《も》んで」と命じる。

そして助川には、計量スプーンと小皿を手渡してきた。

「あんたさ、その辺りの班を回って、小麦粉を大さじ三杯だけでいいから、もらってきてよ」

「小麦粉？」

「そう。同じ部活の奴とかを当たって、恵んでもらってきて」

頼んだよ、とかなり強く背中を叩かれ、当てがわれた作業スペースを追い出される。都は雨貝にヨーグルトのパックとザルを渡して何やら指示を出していた。

辺りが薄暗くなり出した中、仕方なく隣の野外炊飯場へ行くと、ちょうど水道で米を研いでいた眞家早馬を見つけた。

「小麦粉？　何、必要なの？」

事情を話すと、自分達の班の小麦粉をわざわざ計量カップに入れて持ってきてくれた。

「そっちは何作るの」

「鮭《さけ》のムニエル。全部女子に任せてるけど。助川のところは？」

「カレーのはずが、ルーを買ってきてないんだ」

「何それ」

研ぎ終えた米の水を切りながら、早馬は肩を揺らして笑った。

「助川、結構おっちょこちょいなのな」

「買い物したのは俺じゃない。俺は大人しく鍋を洗ってただけだ」

「そうなんだ」

彼は、中学のときはよく大会で一緒になった。レース終盤に二人だけで優勝争いをしたことだって何度もある。そんな奴とこれから三年間一緒に練習をしていくというのは、妙な気分だった。

「他に何か足りないものってないの？　集められるものなら探してくるけど」

「いや、いいよ。小麦粉だけしか頼まれてないし」

ありがとう、そう言って自分のクラスの野外炊飯場に戻ろうとしたときだった。

「助川ってさ、クロカン出たことある？」

クロスカントリーの単語を突然出した早馬に、勢いよく助川は振り返った。

「俺は全然経験ないんだけど、オリエンテーリングやってるとき、ああいうところ走ったら楽しいだろうなって思って」

偶然にも、彼は助川と同じことを考えていたようだった。

「あるよ。小学校、中学校と何回か。俺も結構好きだ、クロカン」

聞かれてもいないことまで答えてしまった。けれどなんとなく、彼とは三年間上手くやっていける気がした。

＊＊＊

起床時間よりずっと早く起きた。同じ部屋の連中を起こさぬように身支度をして外に出ると、少しばかり冷たい空気が頬を打つようだった。

玄関先のベンチに、意外な顔を見つけた。

「都」

思わず下の名前で呼んでしまって、急いで「井坂」と呼び直した。一瞬だけにやっと笑って、眠気を感じさせない大きな声で「おーう」と手を振ってくる。膝には大振りな瓶を抱えていた。

「何してんの」

「目が覚めたら、喉が渇いたから」

あんたもいる？　と紙コップを見せてきた。施設内の冷水器に付属している紙コップだ。その中には、白濁した液体が入っていた。

微かに、甘酸っぱい果物の香りがする。

「フルーツビネガー。昨夜、片づけをするどさくさに紛れてこっそり作っちゃった」

膝の上の瓶には、液体と一緒にキウイとリンゴの輪切りが入っている。昨日の野外炊飯の余り物のようだ。

「水切りヨーグルトを作ったときに出たホエーに余った果物を入れて、お酢を入れて作った。炭酸で薄めてもいいんだけど、今日は水割りだ。美味いぞ」

半ば押しつけられる形で紙コップを渡され、フルーツビネガーとやらを半分ほど注がれ、さらにペットボトルのミネラルウォーターを注ぐ。

慎重に、一口飲んだ。

「……美味いな」

口をつけた途端に、キウイとリンゴの爽やかな味が口と鼻を満たす。漂うキウイの種もプチプチとした歯ごたえを生んでくれる。朝の冷たい空気と一緒に、体を一気に眠りの世界から呼び戻してくれるようだった。

「美味いだろ?　本当はもう少し漬けておいた方がいいんだけど、この瓶、ここで拝借した奴だし、返さないといけないから、朝のうちに飲んじまおうと思って」

もう一杯どうだと勧められ、遠慮せずにもらう。

「お前、料理だけは上手いよな」

「ありがとうよ」

彼女が料理をするようになったのは、小学六年生の頃だった。助川が届けた小松菜だかチンゲンサイだかを炒めたから、お返しに来た。密封容器に入れて、紙袋に入れて、都は持ってきた。もの凄く不味かったことだけは、いまだに覚えている。

それ以来、彼女は祖母や母が助川に届けさせた野菜や肉や魚を、必ず調理して持ってくるようになった。もらいっぱなしにはしない。食材をもらったから、調理して返す。そうすることで、まるで自分の足下を必死に踏み固めているように思えた。

助川の家に届く品は、日に日に上達していき、祖母や母が感心して「あの子はどこに嫁にいっても大丈夫ね」と安堵《あんど》するまでになった。まるで、いつ都の両親が離婚しても大丈夫、という顔で。

その言葉の通り、都は料理が上達するごとに、妙な強さを身にまとうようになった。まず、口調が強くなった。都の奴、なんだか今日は酷く口が悪いな、と思う日が続いたと思ったら、あっという間にそういう喋り方になってしまった。両親が不仲な可哀想な女の子、という立ち位置を吹き飛ばしてしまうくらいの強い性格を獲得してしまった。

そんな彼女が昨日作ったハヤシライスは、行き当たりばったりに作ったとは思えない味だった。一晩たった今でも味をしっかりと思い出すことができる。手羽元は食べるのに手こずるかと思ったが、箸で簡単にほぐすことができた。鶏の皮は柔らかく、口に入れるととろとろと甘かった。どうなるかと思ったルーも、程よいとろみの中でトマトの酸味が利いていた。特に雨貝が絶賛していたのは、デザートの水切りヨーグルトのパフェだ。水気がなくなってクリームチーズのように滑らかになったヨーグルトに、リンゴ、キウイ、苺、バナナを飾りつける。潰した苺をジャムのようにグラスの中に敷き、フルーツとヨーグルトを交互に入れることでカラフルな層を作った。他の班の連中がきゃーきゃー言いながら助川達の班のテーブルを囲んだくらいだ。男子も女子も都の意外な一面に食いついて、随分話も盛り上がっているようだった。

「井坂は、もう大丈夫そうだな」

「何がだよ」

「友達、たくさんできそうじゃん」

「何だよ助川、そんなこと心配してくれてたのかよ」

「そもそも、井坂はそんなことを気に病んだりしないか」

「よくわかってるじゃん」

助川が使った紙コップを躊躇《ためら》うことなく使い、都はフルーツビネガーをもう一杯飲んだ。

「あんたが小麦粉を見つけてきてくれたからな。助川に頼んだ甲斐があったよ」

「あれ、策があったわけ？」

目が合ったからとか、たまたま隣にいたからとか、そんな適当な理由だと思っていた。

「助川はちゃんと見つけてきてくれる気がしたから」

うんざりするくらい、長い付き合いだしさ。自分で自分の言葉に笑いながら、都は両足を前に投げ出した。

どうしてか、喉仏《のどぼとけ》の辺りがむずむずと痒《かゆ》くなる。内側から喉をくすぐられているようだった。それをかき消すように、助川は聞いた。

「最近は家のこと、全部井坂がやってるのか」

「まあね」

ベンチの背もたれに寄りかかり、都は頭上を見上げる。釣られるようにして助川もそうしていた。夜が明けたばかりの空はまだ白んでいて、青空も見ることができない。

都の両親は、都が中学を卒業するのに合わせて離婚した。離婚の影がちらつき始めてから三年だから、随分ともった方だろう。ちょうど一ヶ月前、都の母は井坂の家を出て、隣町で一人暮らしを始めた。

「一人で大変じゃないか」

「別に、一人なんて慣れてるよ」

あんただって、知ってるだろ？　天を仰いだまま、都はぼそりとそうこぼす。

「でも、一人だとさすがに面倒になっちゃうときが多くて、最近はコンビニ弁当食べてる。親父もどうせ家で食べないし」

多分、自分以外の人間には普段通りのものに聞こえる。けれどその「普通」の向こう側に確かに見え隠れする、湿った髪を振り乱して怒鳴った彼女が。

ああこれは、実は結構参ってるな。

「昨夜は久々に大勢でわいわい料理できて、楽しかったよ」

まじまじと見ないよう注意しながら、都の表情を助川は確認した。楽しかった。そう言った彼女の顔は確かに、清々《すがすが》しく気持ちのいい笑顔をしていた。

薄暗い家で、一人で料理をして一人で食べる彼女の後ろ姿を思い浮かべてしまった。コンビニ弁当を食べる都を、空っぽの冷蔵庫を見下ろす都を。

夕飯くらい、たまにうちに来て食べたらどうだ。そう言おうかと思った。それじゃあ、シシトウを持っていったときの自分と変わらない気がした。

だから、無理矢理違うものを腹の底から引っ張り出した。

「料理をやる部活にでも、入ったらどうだ」

身勝手だな、と思った。適当な提案だ。無責任だ。いくらなんでも、もう少し気の利いた慰めをしてやりたかった。

「部活なら、家とは違う気分でできるんじゃないか」

「そんな部、あるのかよ」

けれど彼女の表情は、少しだけ晴れやかになった。少なくとも、助川の瞼《まぶた》の裏から薄暗い台所と空っぽの冷蔵庫をかき消してくれるくらいには。

「休部中らしいけど、あるとは聞いたことがある」

「調理実習室、使えるのかな」

まだ太陽の昇り切っていない空を見上げたまま、都は真剣な顔で唸《うな》った。

「料理研究部が学校で料理しないわけにもいかんだろ」

「だよな」

紙コップを近くのゴミ箱に投げ入れると、都は勢いよく立ち上がった。

「合宿から帰ったら、調べてみるよ」

ありがとう。似合わないことを言って、玄関へと続く階段を駆け上がっていく。

「朝のジョギング、頑張れよ」

そんな言葉まで付け加えて、自動ドアをくぐる。

一度だけ、助川を振り返った。

「さっき、亮介と同じように走りに行った奴がいたよ。お友達じゃないか？」

じゃあな、とエントランスに都は消えていく。軽くストレッチをして、手首、足首をしっかりと回して、助川は走り出した。四月の早朝の空気は冷たく、朝霧で視界も悪かった。その分、静かで清々しい気分だ。宿泊施設周辺の道は先程チェックした。たいして人通りのない道だから、車に煩わされることもなく走れるだろう。

しばらく走ると、朝霧の中に確かに誰かの走る背中が見えた。重心が地面からピンと線を引いたように安定している。そして、足の裏の真ん中で地面を摑《つか》むように走る。

あの走り方は、眞家早馬だ。

彼は随分綺麗なフォームで走る。軸がぶれず、推進力のある走り方だ。霧をかき分けるような力強い走り方に、自分の体が引っ張られるような感覚を助川は覚えた。追いついて並走しようか、このまま一定のペースで走り続けようか、一瞬だけ助川は迷って、前者を選んだ。

＊＊＊

玄関の戸が開いていた。普段、鍵なんて閉めない家だけれど、さすがに無人になる今日くらいは施錠して出かけるものだと思っていたのに。

助川の疑念の答えは、すぐに出た。玄関に女性ものの靴が、一足並べられていた。わずかに踵《かかと》が高くなった柔らかな布地の、歩きやすそうな靴。女子高生が履くには、少々無骨なデザインだった。

その持ち主は、台所にいた。割烹着《かっぽうぎ》を着て、髪の毛を一つにまとめて、包丁片手にこちらを振り返った。

「おー、帰ったか、亮介」

真っ赤なトマトをざく切りする横では、コンロに鍋がかかっている。かたかた、かたかた、と蓋が揺れ、野菜の煮えるいい匂いが漂っていた。

助川は、大きく溜め息をついた。

「お袋か?」

「おう、うちのせがれを頼むって」

何が頼む、だ。余計なことをしてくれる。

「今日、おじちゃんもいないんだろ?」

父だけでない、母も祖母も、今日は家にいない。

「祖母ちゃんもおっちょこちょいだよな」

今朝、祖母は近所のなんとかさんとゲートボールに行こうとして、荷物を持って家を出ようとした。玄関で足を滑らせて転んだ。右の膝をコンクリートの床で強く打ち、骨を折ってしまった。そのまま救急搬送され、しばらくは入院することになった。母は祖母に付き添って病院に泊まる。そしてこんな日に限って、トラック運転手の父は遠方に積み込みに出てしまっていた。帰りは朝方になる。

「亮介の夕飯だけでも、作ってやってくれないかって言われてさ」

そういう都はまな板に目を戻し、トマトをどんどん刻んでいく。

「別に、一晩くらい自分で済ませるのに」

「普通ならそうだろうけど、明日入試だろ？　さすがに一人にしておくのは心配だったんじゃないの？」

明日、助川は大学の推薦入試を受ける。試験内容は面接と小論文のみという簡素なものだけれど、一人で高速バスに乗り、東京まで行かねばならない。

「というわけで、都ちゃんが助けを求められたってわけさ」

ほら、手伝わなくていいから、風呂に入っておいでよ。手でひょいひょいと風呂場の方を指さし、都は料理に集中し出した。お袋が考えつきそうなことだ。昼間は「祖母ちゃんが骨折して入院することになっちゃったの！　母ちゃん今日一晩だけ付き添うんだけど、あんた明日の入試大丈夫なのっ？」と携帯に電話してきて騒いでいたくせに。

風呂はすでに沸いていた。人一人が入ってぎりぎりお湯があふれないくらいの、絶妙の量のお湯で。

湯で顔をじゃぶじゃぶと洗い、風呂桶の縁に頭をのせて、天井を仰いだ。雫《しずく》が一滴落ちてきて、肩口に当たった。

この状況を早馬が知ったら、一体どう思うだろう。そんな疑念が湧いた。そもそも奴は、助川と都が幼馴染みだと知っているのだろうか。都は話したのだろうか。

どちらにしたって、都が料理を作っているのと同じ建物の中で助川が風呂に入っていることを知ったら、早馬は面白くないのではないか。

もしかしたら、そんなことに悩む自分は滑稽《こっけい》なのかもしれない。今や、神野向高校の三年生で二人が付き合っていないと思っている人間の方が少ないのではないだろうか。春先から調理実習室で一緒に料理するようになった二人は、どう見ても恋人同士だった。都に直接聞いたことはないけれど、仮に正式に付き合っていないにしても、どちらかは確実に相手を好いているだろう。

もし、どちらかなのだとしたら、それはきっと都の方ではないだろうか。


助川が風呂を上がると、まるでタイミングを見計らったように都が台所から顔を出した。「夕飯」と短く言って、また台所に引っ込む。手拭《てぬぐ》いで髪を拭きながら台所を覗くと、二人分のカレーが食卓に並んでいた。福神漬けとらっきょうもある。

真っ白なご飯の上に、挽き肉と野菜がたっぷり入ったドライカレー。トマトを多く使ったのか、普通のドライカレーより赤みが強く見える。

「明日が受験なわけだし、本当はカツカレーにしようと思ったんだけど。胃もたれでも起こされたら嫌だなって思って、野菜たっぷりカレーにしてみた」

そんなに貧弱な胃をしているつもりはないのだが。渋々礼を言って、助川は椅子に腰掛けた。都が冷茶碗に冷たい麦茶を注《つ》ぎ、助川の前に置く。そのまま向かいの席に腰掛けて、彼女はスプーンを持った。

「野菜たっぷりだし、肉も入ってるし、練習後にはちょうどいいだろ？」

練習後は肉がいい。挽き肉がたくさん入ったドライカレーは、確かに持ってこいだ。スプーンを持つと、ひんやりとした金属の感触が、火照《ほて》った掌には心地よく感じた。

一口食べたドライカレーは、トマトの酸味が口の中を満たし、爽やかな香りが鼻をくすぐる。野菜は何を入れたのだろう。玉ねぎと人参とピーマンと、大量のトマト。あとは、なんだろう。

「一年のとき」

トマトの攻撃的で、けれど口に入れた瞬間にまろやかに変わる酸味が、あの日のことを思い出させた。

「新入生合宿で、こんな感じのを都が作ったよな」

「いや、あれはハヤシライス。これはカレー。全然違う」

「そうだっけ」

「そうだよ」

相変わらず、都の作るものは美味しかった。けれど、トマトの酸味が舌先を掠《かす》めるたびに、どうしてもあの日のことを思い出す。そして、後悔する。

料理研究部に入れば、なんて、都に言うんじゃなかった。

「なあ、都」

そうすれば眞家早馬は、たとえ膝を故障したとしても走り続けていたんじゃないか。今も、そしてこれからも。そんな身勝手な後悔をしてしまう。

「最近、眞家早馬と料理はしてるのか」

「受験勉強に忙しくて、あんまり時間が取れないみたいでね」

でも、彼はなんとか時間を作って調理実習室へ足を運ぶ。偏差値が伸び悩んでいても、担任や進路指導教諭に怒られても。

早馬がそこまでする理由を、そこまでできる理由を、助川は一つしか思い浮かべられなかった。

「寂しかったりしないのか。また一人で料理するの」

随分前、ロード練習の最中に早馬を見かけたことがある。確か六月頃だった。都と一緒だった。自転車に二人乗りして、駅に向かって走っていった。まるで、青春映画のワンシーンのようだった。助川の生きる世界とは、到底交わらない場所に二人がいるようだった。擦《す》れ違い様、早馬と目が合った。申し訳なさそうな顔をしていた。それは、部活にも出ず真木《まき》クリニックにも行かず、女と過ごしていることへだろうか。それとも、一緒にいるのが井坂であることへだろうか。いや、そんなわけがない。

自転車を漕《こ》ぐ都は少し息切れしていたのか、助川の顔を見ても何も言わなかった。けれど助川に笑いかけてきた。おう、久しぶり、そんなふうに言われた気がした。

二人はまったくもって性格が合わなそうで、早馬が都の尻に敷かれっぱなしになった挙げ句、喧嘩別れしてしまいそうな気がした。でも、だからこそいいのかもしれない。あの二人乗りの自転車は、助川とは逆方向へと進んでいき、きっともの凄く遠くに行ってしまったのだ。

「まさか。手伝いがいなくなって、ちょっと不便してるけど」

本当だろうか。

お前は実は、眞家早馬が好きなんじゃないのか。

さすがにそれは口にできず、しばらく無言でカレーを食べ続けた。トマトのドライカレーは助川の気持ちとは関係なく、どこまでも美味しい。

「なあ、亮介」

都がカレーを半分ほど食べ終えた頃、おもむろにそう口を開いたとき、その穏やかな声色に背筋が粟立《あわだ》つのを感じた。

「あんた、眞家早馬のことが好きか？」

「なんだよ、いきなり」

「変な意味じゃなくて、同じ部活の奴とか、友達とか、そういった意味で」

「好きだよ」

好きでもない奴と連《つる》むほど、そしてそんなことができるほど、自分は器用じゃない。

「眞家早馬が走るのをやめちまって、寂しいんだろ」

ついこの間も、都に同じことを聞かれた。

「……別に」

そのときと同じ答えを、助川は返していた。また、喉の奥がちりりと痛くなる。カレーのせいではない。その痛みは以前より強く、深く、助川の中に沈み込んでくるようだった。仲のよかった仲間が何かの節目に競技から離れていくなんて、よくあることだ。そしてこれからも、たくさん経験することだろう。いちいちそれに躓《つまず》いてなんていられない。そう自分にずっと言い聞かせてきたのに、どうしてこんなにも苦しいのか。

「寂しいさ」

そうだ。他の誰でもなく、眞家早馬がいなくなることが堪《たま》らなく寂しいのだ。どうしてだ。ただ三年間部活が一緒だっただけじゃないか。どうしてそんなにも——。

そんなにも、眞家早馬に側を走っていてほしいんだ。

「そうか、あんたでも、そんなふうに思うんだな」

都はテーブルに頬杖を突き、こちらを見上げてくる。大きな黒い瞳が、自分の真意を探るように揺れた。

「やっぱり、そうだったんだ」

「何がだよ」

自分達以外誰もいない家は、酷《ひど》く静かだった。テレビでもつけておけばよかったと、助川は後悔した。

「眞家早馬は今、まるで『やっと走ることから解放された』って顔をしてる」

一言一言、嚙《か》み締めるように、助川に刻み込むように言ってくる。

「でも、私はそうは思わない」

「どういうことだよ」

「あいつは、『走るのが怖いから走りたくない』『負けるのが嫌だから走りたくない』っていう欲に捕まって逃げられなくなってるだけだ」

そんなの、わかってる。そう言いかけた助川の口を塞《ふさ》ぐように、都は早口で捲《まく》し立てた。

「自転車に乗ったら転ぶから、自転車に乗りたくないって喚《わめ》くガキがいたら、あんたは『しょうがないから自転車に乗るのは諦めよう』って言うのか？」

「そんな単純な話じゃないだろう。あいつは故障したんだ。やる気が失《う》せて陸上をやめるんじゃない」

そうだ。ただのスランプなら、殴ってでも止める。そんなちんけな理由でやめるんじゃないと言える。けれど右膝の剝離骨折《はくりこっせつ》で半年間の戦線離脱だなんて、とてもじゃないが、「ちんけな理由」じゃない。重すぎる。そして、致命的すぎる。

身をのり出して、都の目を真っ直ぐに捉えた。

「井坂、お前まさか、早馬にそう言ったんじゃないだろうな。自転車に乗りたくないって騒いでるガキと一緒だって、あいつに言ったんじゃないだろうな」

だとしたら、たとえ都でも俺は許さない。口が悪いとか性格が女らしくないとか、そんな問題じゃない。幼馴染みだろうがなんだろうが、許さない。

「怒るなよ。そんな酷いことする奴に見えるか？」

失敬だな。頬杖を突いて、都は食事を再開する。

「そんなこと言えるかよ」

言えるとしたら、あんたか眞家春馬だ。もぐもぐと口を動かしながら都は言い放つ。スプーンで助川の顔を差し、「助川亮介か、眞家春馬」ともう一度言った。

「大親友を自負する助川亮介が一言、それでも戻ってこいって言ってやるべきなんじゃないのか」

「何を勝手な……」

「怪我が再発しても、前みたいに速く走れなくなっても、それでも戻ってこいって、あんたは言わないのか」

そんな酷いことがあるか。そんな無責任なことは、俺は眞家早馬には言えない。

言いたくない。

「どうして言わないんだ」

「お前にはわからないんだよ」

彼女は、小学生の頃からこれといったスポーツに真剣に取り組んでいたことはない。中学時代はバレー部にいたけれど、万年地区大会敗退の、やる気も実力もない部だった。都本人も、熱心に練習に行っていた様子もなかった。

だからきっと、井坂都には自分の気持ちなどわからない。

けれど、自分は一度でも言っただろうか。手術のために入院した早馬に「早く戻ってこい」とは言ったものの、陸上部から足が遠のき始めた彼に、「戻ってきてくれ」ときちんと伝えただろうか。

あいつは故障したからとか、手術したからとか、リハビリでしばらく走れないからとか、そんな余計な気づかいをして、肝心なことを言わないままここまで来てしまったのではないだろうか。答えを求めて都を見ると、彼女が一瞬だけ、目元を歪《ゆが》めて泣きそうな顔をするのがわかった。見間違いかと思った。けれど確かに、助川はこの目で見てしまった。「いつも通り」という仮面のない、都の顔を。

「都、お前は眞家早馬が好きなんだな」

俺は、お前が誰かのためにそんなふうに言うのを初めて見たよ。そう告げると、途端に彼女は険しい顔になった。「ばーか」と、照れ隠しなのか、自分のような男に図星を突かれて腹を立てたのか、眉間に皺《しわ》を寄せた。「私はあんな腑抜《ふぬ》けた奴、大嫌いだよ」と言いながら、残ったカレーをかき込む。

およそ三年前、朝の森の中で都にもらったフルーツビネガーの味をふと思い出した。本当、料理研究部の存在なんて、都に教えなければよかった。

早馬と一緒にいるのが都以外の奴だったら、都と一緒にいるのが早馬以外の奴だったら、どんなによかっただろう。

食器を洗い、鍋に残ったカレーを密封容器に詰めて冷蔵庫に入れると、都は早々に帰り支度を始めた。割烹着を手提げ袋に畳んで入れ、居間で食休みがてらテレビを見ることもせず、そのまま玄関へ向かう。

「明日、寝坊するなよ」

「しねえよ」

「カレー、温めて食べろよ。ご飯も明日の朝六時に炊けるようにセットしてあるから」

「お前は俺のお袋か」

「おばちゃんから頼まれたんだから、お袋みたいなもんだ」

手提げ袋を肩にかけ、都は玄関の戸を開ける。十一月の冷たい空気が、その隙間から筋を作るようにして入り込んでくる。

「明日、頑張れよ」

まあ、私に言われなくてもあんたは頑張るか。

がはは、がはは。

勝手に激励の言葉を言って、勝手に取り下げて、勝手に笑って、都は帰っていった。送っていこうか迷ったけれど、靴箱の上の懐中電灯をすでに都は手にしていた。「借りてくから」とスイッチを入れた懐中電灯をぶんぶん振り回しながら、走って庭を出ていった。

寒さが風呂上がりの体を冷やしていく。けれど助川は、しばらくそのまま懐中電灯の明かりが見えなくなるまでそこにいた。

＊＊＊

高校駅伝茨城県大会の前日、合格通知は、なんの感動も感慨もない形で届いた。大学名の入った茶封筒には、すでに合格通知在中と判が押されている。合格か不合格か、はらはらしながら封を切る、なんてことは起こりえなかった。昨日まではそわそわしていた母も、出鼻を挫《くじ》かれたからか、気持ちが盛り下がってしまったのか、「届いてたわよ」と素っ気なく封筒を渡してきた。

英和学院大学《えいわがくいんだいがく》。アルファベットのEとGをあしらったエンブレムのロゴマーク。小洒落《こじゃれ》た書体の大学名。その横に押された「合格通知在中」の判子はミスマッチ極まりなかった。

中身は「君をうちの大学に入れてやる」という内容の簡素な文書。スポーツ推薦での合格なので、入学後は陸上部に入ることが義務づけられている。英和学院大学を含めて、三つの大学からスカウトがあった。一番強いところを、一番競争率が高いところを、選んだつもりだ。

高校を卒業し、大学に入学したら、恐らく四年間ひたすら走り続けることになる。ずっとずっと走って、大学卒業後も、きっと走る。

合格通知にそこまでじっくり読むべきものもなかったので、助川は早々に机の引き出しに封筒をしまった。そのタイミングを見計らったかのように、机の上に置いてあった携帯電話が鳴ったのだ。

眞家早馬。画面に映し出されたその名前に、大きな大きな溜め息が込み上げてきた。我慢して、通話ボタンを押す。メールでなくて電話だなんて、本当に久々だった。まともに話をするのだって、何週間ぶりだろう。

「どうした」

迷った末に、そう言った。

「悪い、今、大丈夫か」

「ああ、特に何もしてないから」

「ごめん、学校で言えばよかった」

「別にいい」

わざわざ帰宅後に電話してくるなんて、恐らく何かがあったのだろう。

昨年の今頃、彼は膝を故障した。手術が必要なくらい、重症だった。手術後、リハビリをすれば三年の大会も一緒に出られると、助川は信じていた。あれからちょうど一年、彼はついに一度も大会に出ないまま、部を引退した。

まさか、よりによって眞家早馬がそうなるなんて、思ってもみなかった。

沈黙の末、電波の向こうで早馬が息を吸うのがわかった。

「アキレス腱が痛いって、春馬が言うんだ」

重々しく、震えさえ感じるような弱々しい声だった。

「ごめん、お前に言ってもしょうがないとは思うんだけど」

「いつからだ」

「今日の練習が終わってからだって」

「そんなに痛むのか」

「いや、ちょっと違和感があるくらいだって、本人は言うんだけど」

それなら、明日の県駅伝は出るつもりなのだろう。

「俺に言ってきたってことは、あいつもそれなりに心配してるというか、一応不安は感じてるみたいなんだ。だからなんだって話かもしれないけど……」

「いや、知ってるか知らないかで、いざってときも対応が変わるし。わざわざありがとう」

本当のところは顧問やコーチに確認することになるが、早馬の口ぶりからすると、そこまで深刻な痛みではないようだ。明日のレースも、恐らく春馬は出られるだろう。

けれど、ここで助川が出走者の変更を顧問へ進言する可能性だってあった。それを承知の上で、彼は自分に電話をしてきた。

「明日、ちょっとでもおかしかったらすぐに走るのをやめさせるから」

「ありがとう」

その意図だけは、ちゃんと酌《く》んでやりたかった。

「英和、どうだった」

さらりとした問いに、こいつはどうしてそんなに勘がいいのかと思う。

「受かったよ。今日、帰ったら合格通知が届いてた」

「そうか。おめでとう。これで、正月はお前が箱根を走ってるのが見られるな」

「そうだな」

高校とは部内の競争率の激しさだって段違いだ。日本中から「お前は速い」と言われ続けてきた連中が集まって、さらにそこから誰がより速いか争って、勝ち残った奴だけが、大会に出られる。そこで他の大学の連中と戦う。自分は確かにインターハイという全国の舞台で戦ったわけだけれど、大学に入ってからも順風満帆なわけはないとは重々承知していた。

それでも、「そうだな」と言っておきたかった。きっと、今しか言えない。そして、誰にでも言えることじゃない。

「お前はどうなんだ。俺が正月に箱根を走っているのをテレビで見ながら、こたつに入って雑煮を食ってるのか」

言ったことに、後悔はなかった。むしろずっと前に言うべきだった。まだ日射しが強かった頃。半袖を着ていた頃。スイカが最高に美味かった頃。早馬が、都に出会った頃。

せめて、その頃に。

「一ミリも、未練はないのか」

「どうしたんだよ、いきなり」

「本当にやめちまうんだな」

夏に同じことを聞いたときは、彼は曖昧な言葉しか返してくれなかった。のらりくらりとこちらの問いを躱《かわ》しながら、けれど奴はこう言ったのだ。

早馬って名前は、あいつにあげたかったよ。

ああ、もう、駄目なんだ。直感的にそう思った。こいつの心はもうやめることに向いていて、誰がどんな言葉をかけてもきっと、二度と、こちらを向くことはないのだと。

けれど眞家早馬は優しい奴だ。まさかそんなことを助川に直接言えるわけもなく、このまま中途半端な立ち位置のまま、秋、そして冬を素通りしていくのだと。そして、恐らく一言だけ「ごめん」と謝罪の言葉を口にして、卒業していくのだ。陸上を離れて、もう二度と、助川の人生と彼の人生が交差することはなくなってしまうのだろう。

そんなのは、誰より自分が耐えられないと思った。それに、そんな終わり方は絶対に早馬自身を苦しめるに違いないのだ。

だから言った。お前はもういらないと言った。

胸に穴が空きそうになる気持ちに生まれて初めてなった。早馬はそんな自分に「ありがとう」と言いやがった。

「いいんだ。どのみち、社会人になっても続けようとは思ってないんだ。やめるのがちょっと早くなっただけだ」

あのときなら、まだ間に合ったのだろうか。早馬は陸上に戻ってきたのだろうか。一体どの地点でなら、間に合ったのだろうか。

「県駅伝」

怪我が再発しても、前みたいに速く走れなくなっても、それでも戻ってこいって、あんたは言わないのか。

都の声が、耳の奥でくすぶる。バチバチバチと、痛みと熱さを伴って弾ける。

「水堀《みずほり》に勝って県代表になったら陸上を続けてくれ、って言ったらどうする」

すっ、と、早馬が息を飲むのが聞こえた。しばしの沈黙。長く感じたけれど、実際は本当に短い間のことだったのだと思う。

早馬が一度、大きく息を吸うのがわかった。

「自分以外の誰かを勝負のダシにするなよ。お前らしくない」

「そうだな」

なんて馬鹿なことを言っているのだろうと、自分でも思う。圧倒的に、絶望的に個人競技である長距離走において、唯一チームで戦うのが駅伝だ。けれど、自分のために走れない奴がチームのために走れるわけがない。それが助川の考えだ。どうして今俺は、それを曲げようとしているのだろう。

「去年の県駅伝、春馬が大失速したから、もう駄目だと思った」

黙り込む助川をまるで労《いたわ》るかのように、早馬は語り始めた。

水堀学園高校が、絶対王者だった。水堀が一位なのは当たり前。二位以下がどういう顔ぶれになるのかが見所だ、なんて揶揄《やゆ》までされていた。けれど去年の神野向高校のメンバーなら、水堀に太刀打ちできるのではないかと思っていた。一区、二区は好調だったが、三区で春馬が失速して十位に沈んだ。一位の水堀とは絶望的なタイム差だった。勝負は最後まで諦めるな、と言葉で言うのは簡単だけれど、それでも「無理だ」と思える圧倒的な差だった。

「ここで順位を上げて、もし水堀の藤宮に追いつけたら、俺はまだ行けるんじゃないかって思ったんだ」

「お前は、その藤宮まで抜いただろ」

息を吸う音。直後、早口で早馬はこう言った。

「ああ、抜いたよ。そして膝にとどめを刺しちまったんだ。県駅伝の前から、膝が変だったんだよ。嘘ついててごめん。もう駄目だってラインを、何度も超えてたんだ。今故障したら本当にお終いだと思って、言わないでいたんだ」

早馬が膝が痛いと言ってきたのは、関東大会の直前だった。最初に気づいたのは助川自身だから、よく覚えている。そのとき彼は「県大会のときはなんともなかった。ここ数日で突然痛み出した」と言ったのだ。

「今、故障したら、止まったら、もうお前にも、春馬にもついていけない。絶対に追いつけない。そう思ってたんだ」

馬鹿だ。本当に早馬は、馬鹿なことをした。故障を隠してずるずると練習して悪化させて、なんの意味がある。しかもそんな状態で、水堀に追いついたら、藤宮を抜けたなら、まだ行ける気がしただと？

大馬鹿だ。

「お前が焦ってるのは知ってたよ」

どこかのんびりとした性格で、マイペースにまったりと……ギスギスしないで走っている。他の部員は、早馬のことをそう見ているだろう。違う。全然、違う。助川と同じくらい勝つことに貪欲《どんよく》で、拘《こだわ》るのが眞家早馬だ。ずっと一緒に走っているのだから、助川にはよくわかる。

「お前がそれを心配してくれてるのも知ってたよ」

去年の夏頃から、眞家春馬がどんどん伸びてきた。三千メートル、五千メートル共に早馬の自己ベストを抜いた。

兄弟といえど、それぞれによさがあるのだから別に早馬が焦る必要などない。それは彼自身もわかっていたはずだ。でも兄弟というのはそういう理屈でどうこうできるようなものでもないのだと思う。一人っ子の助川には、きっと一生わからない。

才能のある弟と平々凡々な兄なんて、昔話でよく聞く、ありきたりな話だ。でもそれが、早馬を少しずつ蝕《むしば》んでいたのかもしれない。練習の最中に右膝に走った痛みを、違和感を、無視せざるを得ないまでに。

「だから助川、お前は馬鹿なこと考えないで、ちゃんと走れよ。せっかく英和に受かったんだ。故障しないようにして、ちゃんと走って、大会に出て、ちゃんと走れ」

ちゃんと走れ。簡単だけれど、難しいのだ。ちゃんと走ることは。

ちゃんと走り続ける、ということは。

＊＊＊

顧問とコーチの判断は「出走者の変更はなし」だった。他の部員には知らせずに、助川と春馬とだけ話し合って、そう決めた。区間の変更もなしだった。

走れるのは嬉しいけれど、自分の走る区間には不満がある。会場に着いてからも春馬がそんな顔をしていたから、あえて誰より先に声をかけた。

「春馬、いつまでもぐだぐだしてんじゃねえぞ」

語気を荒らげず、たしなめるように言った。兄と一歳しか違わないはずなのに、春馬は早馬と比べて随分と思考が子供っぽい。生意気な態度も目立つ。けれど残念ながら、ランナーとしての素質は春馬の方が上だろう。助川だけでなく、顧問もコーチも、恐らく他の部員達も、気づいている。

「すいませんでした」

頭を下げる春馬。お調子者で、褒められて伸びるタイプ。助川とは正反対の性格だ。でも、だからこそ彼は観客が大勢いるレース本番に強い。声援が多ければ多いほど、彼は調子よく走る。

「一区は一番長いし、一番注目される。お前にはぴったりだよ」

去年、春馬は一区を走りたがっていた。一番距離の長い区間。各校のエースが投入されるのが一区だ。けれど今年、彼が求めたのは別の区間だった。

「お前が三区を走りたいのはよくわかる」

去年の失態を、同じ場所で取り返したい。その気持ちは当然だ。

「でも、四区で早馬は待ってない」

「わかってますよ」

苛立たしい、という顔で春馬は頷いた。

名前を呼ばれた。助川と春馬、両方の名前を呼ぶ声は、早馬のものだった。振り返ると、遊歩道から大きな紙袋を持った早馬が手を振っていた。陸上部の部員としてではなく、引退した三年生として、この大会を応援しに来たのだ。

遊歩道と芝生の広場を区切る植木を飛び越え、早馬は陸上部のメンバーのもとへやってきた。部員達が「お疲れさまです」と頭を下げる中、早馬は助川に持っていた紙袋を差し出した。

「差し入れ」

紙袋の中は保冷バッグだった。礼を言って受け取り、中身を確認する。密封容器が二つ。一方には小振りなおにぎり、もう一方にはサイコロ状にカットされたカステラがある。レース前のエネルギー補給メニューだ。おにぎりは胃に負担がかからぬよう米を少なくし、具材を多めにしているようだ。

「おにぎりはちりめんじゃこと梅と、カブの葉塩漬けの三つな」

春馬の出走に対して顧問とコーチからのＯＫが出たことを伝えてやると、早馬はほっと胸を撫で下ろした。よかった、頑張れよ。そう春馬の肩を叩いて、おにぎりを彼の手に押しつける。助川も礼を言って、おにぎりを二つもらった。

じゃことカブの葉の塩漬け。レース三時間前の軽食にはちょうどいい。ラップを剝《は》がして一口食べてみると、これが美味い。程よい塩味で塩分も補給でき、カブの葉がたっぷり米に混ぜ込まれているので食べごたえがある割に重くない。

「そういえば昨夜、ずっと卵がー卵がーって騒いでたけど、何してたの」

カステラを口に入れながら、春馬が早馬を見る。蜂蜜とレモン果汁を入れて作るのだというカステラは、隣にいてもほのかに甘い匂いが漂ってくる。その中に確かにレモンの爽やかさを感じる。

「卵をさ、白身と黄身を一緒に混ぜるか別々に混ぜるかで、随分口触りが変わるって都に聞いてさ。どっちにするか悩んでたんだよ」

「そんなどうでもいいことにあんなに悩んでたわけ？」

「どうでもよくねえだろ。硬いと文句言うくせに」

肩を叩き合う兄弟を前に、早馬の口から井坂都の名前が出たことを、なんとか気に留めないようにしていた。彼が「井坂」ではなく「都」と名前を呼ぶのを、初めて聞いたから。

「じゃあ、またあとで、な」

助川にそう言って、早馬は残りのおにぎりとカステラを持って顧問のところへ歩いていった。途中途中、後輩に声をかける。頑張れよ、頑張れよ。まるで、「俺みたいになるなよ」とでも伝えるようだった。

「最近、あの調子なんですよ」

カステラをゆっくりと咀嚼《そしゃく》する春馬が、おもむろにそう言ってきた。

「どれだけ井坂さんから影響されたんだか」

「絶対合わなそうな性格してるんだけどな」

助川が都の性格まで知っていることに驚きつつも、春馬は「ですよね！」と身をのり出した。

「あんな人とよく一緒にいるなって、心底思いますもん」

言いながら、言葉尻がどんどんしぼんでいく。どうした？　と首を傾《かし》げると、春馬は珍しく溜め息をついてみせた。

「あの無神経な感じが、いいんだろうなぁ」

小声でそんなことまで言う。

「井坂さんの遠慮のなさとか、図太さとか、無神経さとか。きっと兄貴は側にいて心地がいいんですよ」

「……なるほどな」

互いの走りで相手の状況がわかる。言葉を交わさなくても、なんとなく相手の思っていることがわかる。喧嘩をしても、翌日には不思議といつも通りに話ができる。そういう空気は悪いことではないと思うけれど、同時に、何か大切なものを失っていたのかもしれない。見過ごしてはいけない機会を、転機を、喪失しているのかもしれない。

「なあ春馬、走るのって孤独だよな」

「あい？」

「前を走る奴とも後ろを走る奴とも、自分自身ともずーっとずーっと、戦わないといけなくて。そのくせ、ちょっとのことで走れなくなったりする。しんどい競技だよ、本当。それを何年も何年もやり続けるには、それなりに、精神的な素質が必要なんだと思う」

「兄貴には素質がなかったってことですか」

ムッとしたのが伝わってくる。春馬の表情から、声から、素直に、率直に。

「そうじゃない。そんなこと、お前より俺の方がよくわかってる。でもあいつは故障して、もう一度あのしんどい世界に戻ってくる気力がなくなっちまったんだ」

あいつはもう、牙《きば》を抜いちまったんだ。

「膝がいつ再発するんだろうって、ずっと心配していくんだ。今日再発するかもしれない。このレースの最中かもしれない。膝に負担をかけないようにフォームを矯正する必要だって出てくるかもしれない。怖いぞ、きっと。俺にはわからないけれど、きっともの凄く怖い。これから陸上を続ける限り、故障の怖さともずっと戦っていかないといけない。あいつはそれに耐えられないと思ったんじゃないかな」

走ることで強者になることを望んだ男が、走ることを自ら手放してしまうほどのしんどさ。復帰して再び走り出したとき、もう強者でいられないかもしれないという恐怖。それに勝てなかった眞家早馬を、助川は責められないと思った。

去年、県駅伝での早馬の力走のお陰で、神野向高校は関東大会へ出場することができた。その直後から、早馬と一緒に走っていておかしいと思うことが増えていった。自慢の綺麗なフォームがときどき、本当にときどき、崩れる。右膝を庇《かば》うようにバランスが崩れ、足を無理矢理前に押し出しているような走り方になる。

意を決して部活終わりに早馬を呼び止めて問いただしたのは、関東大会の五日前だった。

膝、おかしいのか。

その一言に、早馬は震える声で「ごめん」と呟き、それ以上何も言わず泣いた。泣きながら、一人で顧問とコーチのところへ行った。

「怖かったと思うぞ。膝に違和感を覚えるようになったときも、医者から故障を宣告されたときも、手術したときも」

膝の故障を指摘したことを早馬は恨んではいないと思う。けれど、彼はあのときどんな気分だったのだろう。俺だったら、もっと早く故障を訴えることができたのだろうか。違和感を覚えたその日のうちに、監督やコーチに報告できただろうか。

「お前も昨日、怖かったから兄貴に相談したんだろ」

「相談じゃないですよ。ただ、ちょっと痛みがあったから、世間話程度に話したら兄貴が大騒ぎしちゃって」

「あいつ、去年の県駅伝の前から膝がおかしかったらしい」

春馬が息を飲む。そしてゆっくりと、首を無理矢理動かすようにして頷いた。

「わかってたら、レースは意地でも止めたかもしれない」

俺は、あいつにずっと走っていてほしかった。そう呟くと、春馬が俺の台詞《せりふ》を取るなとばかりに「俺だってそう思ってますよ」と付け足した。

「今日、一番で助川先輩に持っていきます」

「水堀の藤宮を躱《かわ》してか」

「大差をつけて、先輩へ繋ぎます。それはもう、ぶっちぎりで。だから先輩は、一番で三区の飯田《いいだ》先輩へ繋いでください」

それでどうするんだ。お前のやろうとしていることは、昨夜の俺と一緒だ。そして早馬に「人をダシに使うな」と言われてしまうのだ。

「勝ったら、お前の兄貴はどう思うかな」

決まってるじゃないですか。春馬は助川の問いを笑い飛ばし、胸を張った。

「喜ぶに決まってるでしょ。うちの兄貴ですよ?」

走る前は静かにしていたい。誰かと話をしていることで緊張が紛れるという奴も多いけれど、助川はできる限り静かに、一人で過ごしていたい。付き添い役の後輩もそのことを理解してくれているようで、余計な気をつかわずに済んだ。木陰に腰を下ろす助川からは一定の距離を取って、一区のスタートを待っている。

一区のスタートまで、あと十分ほど。

全国高等学校駅伝競走大会の茨城県予選。そこまで大勢の人が観戦に来るわけではないが、それでもコースに沿う形で観客が集まっている。それに混じって地元ラジオ局やテレビ局のスタッフが機材を持ってうろうろしていた。

その中に、早馬の姿を見つけた。春馬のスタートではなく一区と二区の中継地点で、最後の一番苦しいところで声援を送るつもりなのだろう。

「早馬」

少し声を大きくして、彼を呼んだ。助川の呼びかけに気づいた早馬が、「何かあったのか？」という顔で駆け寄ってくる。

中継所近くにはすでに二区を走る選手が集まっている。三キロという短い距離を走る二区には、各校ともスピード自慢の選手を集中させる。顔を見れば名前が浮かぶ、お馴染みの連中ばかりだ。だからこそ、あまり怖くはない。

「昨日の話の続きなんだけどさ」

早馬の頬が強《こわ》ばる。春馬のアキレス腱のこと、助川の大学のこと、話はいろいろしたはずだけれど、さすがの親友にはどの話の続きをしようとしているのかわかるらしい。

「別に、お前に無理にもう一度走ってほしいとは言わないよ」

「じゃあ、どうした」

「井坂とずっと料理してて、何か変わったか？」

井坂都の名前に、早馬は特に驚きも戸惑いもしなかった。

「春馬が人参を食べるようになったよ」

我慢できず吹き出してしまった。あいつ、人参も食えなかったのか。

「そうか、よかったな」

「あとさ、自分のこともよーくわかったよ」

助川の隣に腰を下ろし、どこか清々しい顔で早馬は大きく息を吐き出した。

「事実を事実として受け入れる心の準備を、少しずつできた、って感じかな」

「なんだよ、事実って」

「俺は故障したんだな、とか。弟より走る才能ないんだな、とか。一回故障するだけで走るのが怖くなるくらい臆病者だったんだな、とか、いろいろだよ」

自分で言葉にしていても、心の底で目を背けていたものをきちんと受け入れることができた。そう続けた早馬は、悲しいくらい晴れやかな顔をしていた。

「クラスの連中とかさ、俺の前では陸上の話を避けるんだよ。故障も手術もなかったみたいに何も言わないで、何も見なかった振りをするんだ」

「確かに、そうだったかもな」

「最初はありがたいと思ってたけど、だんだん、それに甘えてるわけにもいかないんだって気づいたんだ。ていうか辛いんだ、それって。惨めなんだ」

自分の膝に顎を置いて、助川は肩を竦めた。都は、見ない振りをしていたものを無理矢理認めさせる。目を背けていることを指摘して、高笑いする。嘲笑う。酷い、と思うけれど、それがありがたいこともあるのだろう。眞家早馬のような、優しい奴には特に。

「それでお前は、やめることにしたのか」

「ああ、やめるよ」

彼は、諦める勇気を手に入れたのだ。自分とも弟とも違う場所を見つめて、違う道を歩いていく選択をしてしまったのだ。

「管理栄養士になるんだろ」

「スポーツ栄養士になる」

え？　一拍間を置いて、助川は顔を上げた。早馬の顔を見た。まったく同じタイミングで、早馬もこちらを見ていた。

笑った。

「自分は走らないで、それでもスポーツに携わってられるのか、正直わからなかったんだけど。この一年、陸上部離れてみてわかったよ。俺、やっぱり陸上が好きだ。陸上をやってる連中が、好きだ」

早馬に釣られるように、自分も頬を緩ませていることに気づいた。スポーツ栄養士。それがどんなものなのか詳しくは助川は知らないが、まったく別の方向へ行ってしまうと思っていた友が、わずかに、助川の視界に入る場所を走ってくれているような気がした。

大きく手を振って、声を張って名を呼べば、振り向いてくれる場所にいるんじゃないか。

「さっきの蜂蜜カステラ、余ってるかな。みんな食っちまったかな」

「えっ、何、腹減ったの」

「そういうわけじゃないんだけど、走ったあと、甘い物食いたいなって思って」

口の中に、無性に先程食べたカステラを入れたい。優しい舌触りの、ふわふわの、程よく甘いカステラを。

「……あいつ、本当に一番で持ってきやがった」

走路に立つ誘導員が、神野向高校を呼んだ。一区と二区の中継で水堀学園高校の名前が最初に呼ばれないなんて、一体何年ぶりなんだろう。

羽織っていたウインドブレーカーを付き添いの後輩に手渡す。中継地点の近くで観戦している早馬は、一区がスタートした直後からずっとはらはらと落ち着きがない。今にも弟のアキレス腱がぶち切れてしまうのではないかと思っているのだろう。

その場で軽くジャンプし、助川は走路に出た。同時に、コースの先、カーブを曲がってくる春馬の姿が見えた。

タイムは三十分を余裕で切るだろう。一区の距離は十キロ。それを二十九分三十秒台で走り切れば、全国大会の区間賞ものだ。どんどん大きくなってくる春馬の姿を、助川はじっと見つめる。辛うじて顎は上がっていないが、腕を無理矢理前に出すような走り方は限界が近い証拠。水堀の藤宮は春馬の後方十メートルほどのところにつけている。こちらも苦しそうな顔をしていて、この差を詰める体力が残っているようには見えない。宣言通りの大差ではないけれど、それでもあの水堀の藤宮より先に、襷を運んできた。

視界の端にいた早馬が駆け出すのが見えた。

コースを逆走する形で、沿道を走る。一体、あいつが走る姿を見るのはどれくらいぶりだろう。怪我をしたくせに、練習をサボっていたくせに、陸上をやめるくせに、相変わらず綺麗なフォームをしている。上半身がほとんど上下せず、膝が高く前に出る。あんなに綺麗に走るのに故障しちまうんだから、本当、難しい競技だよ。

中継地点まで五十メートルというところで、早馬と春馬がかち合った。沿道の観客を挟んで、早馬が何かを叫ぶ。なんと言ったのか助川までは聞こえなかったが、春馬にはちゃんと聞こえたのだろう。少しだけ、春馬の表情が和らいだ。

両手を口元へ持っていって、助川は大きく息を吸った。

「春馬ぁ！　優勝するぞ！」

もう一回、吸う。

「優勝して、お前の兄貴を引きずり戻すぞ！」

早馬にも聞こえるように、はっきりと、大声で言ってやった。早馬が驚いてこちらを見るのがわかった。そうだそうだ、お前のことだ。

春馬が襷を肩から外し、拳に巻きつけた。藤宮との差を保ったまま、中継所に入ってくる。拳を突き出して、襷を助川へと繋いだ。

血走った目で、助川を睨みつけながら。

「負けたらぶっ飛ばす！」

助川の手に襷を押しつけるように、強く強く。

「任せろ」

そう言って、後ろは振り返らなかった。先輩にその口の利き方はなんだ、と言ってやりたかったが、我慢する。

襷をかけ、余った部分の長さを調節する。水堀の選手とは十メートルの差を維持しているだろう。もっと広げてやる。身勝手で一方的な願いを振りかざし、俺は俺のために走って、勝って帰ってくる。喜べ、嫉妬しろ、後悔しろ、笑え、泣け、羨ましがれ。勝利の快感を思い出せ。

欲張れ、早馬。どちらか片方じゃなくて、どっちも抱えて持っていけ。スポーツ栄養士でもなんでも目指すがいい。そして、走ることを思い出せ。

諦める勇気があったんだ。続ける恐怖なんて、きっと乗り越えられるんだ、お前は。

◆午前九時三十九分　十二キロ地点　保土ヶ谷橋◆

保土ヶ谷橋《ほどがやばし》という小さな橋を渡って、これで十二キロ。二区もあと十キロほどだ。十キロ地点で並んできた助川だったが、そこから動きは見えない。藤宮は恐ろしいくらい静かに、春馬と助川の後ろをキープしているようだ。いい風よけに使われているのだろう。

助川と藤宮、二人と同等に恐ろしいのが追いかけてくるイエゴだ。先程仲谷監督が伝えたタイム差より、恐らくもっと縮めてきているだろう。今振り返れば、きっと奴の姿が見える。引き締まった筋肉をオレンジ色のユニフォームで包んで、トレードマークの蛍光ピンクのシューズを履いて、自分達を追ってきている。

振り返りたい衝動に駆られるも、春馬は耐えた。後ろを振り返ればイエゴだけでなく藤宮の姿も目に入ってしまう。わずかな時間でもフォームが崩れ、走りは乱れるだろう。

その隙を、助川亮介が見逃すわけがない。きっと抜いてくる。

助川は春馬に追いつき、春馬は追いつかれた側だ。今は自分の方が分が悪い。追いついた奴と追いつかれた奴。圧倒的に有利なのは、追いついた奴だ。追い抜かれた奴は大抵、追いついた奴についていけない。

観戦の群衆の中に、「あと十キロ」というプラカードが見えた。そろそろ頃合いだ。十五キロ地点の給水を終えたら、あとは中継所に向けて上りだろうが下りだろうが他の二人を振り切っていくしかない。行けるか？　と自分の足に、心臓に、肺に、体中のあらゆる部位に問いかける。異常はない。大丈夫そうだ。

何より、この先には兄がいるのだ。たとえ足が限界を迎えても、痙攣《けいれん》したとしても、心臓がはち切れたとしても、肺が破けたとしても、兄が待っていると思えば自分は走ることができるのだ。

四年前の十一月、全国高等学校駅伝競走大会の茨城県予選。あのときの優勝を春馬は思い出した。一位であんたに襷を繋ぐから、絶対に抜かれるな。そう助川と約束して、春馬は一区のランナーとしてスタートした。

最後の直線は、ほとんど記憶がない。無様な走りだったと思う。ただただ前だけを見て、中継地点に立つ助川だけを目指して走った。

そんな中、早馬の声が聞こえた。

——今日の夕飯、楽しみにしてろよ！

幻聴じゃないかと思った。けれど、楽しみだなと思った。一体何を作ってくれるんだろう。さすがに今日ばかりは、俺の嫌いなものは出さないでほしいな。

そんなことを考える余裕が自分にあったことに春馬は驚いた。そして、なんだ、まだ大丈夫じゃないか、と思った。視界が開け、沿道の声援が鮮明に聞こえるようになった。吸い込む空気の冷たさが、疲弊した体を浄化していくようだった。

助川が「優勝するぞ！」と春馬に向かって叫んだ。「優勝して、お前の兄貴を引きずり戻すぞ！」と。

そうだ、連れ戻すんだ。この場所に、眞家早馬をもう一度。

神野向高校は県予選を突破した。

約束通り兄はその日の夕飯に大層手の込んだハンバーグを作ってくれた。合い挽き肉で作ったハンバーグのタネに、セロリとかひじきとかカボチャとかピーマンとか、春馬が嫌いなものを片っ端から詰め込んだものだった。大嫌いなレーズンまで、ごろごろと入っていた。

ふざけんな、頑張った弟に対する仕打ちがこれか！　そう怒鳴ったけれど、食べないという選択肢はなかった。名づけて「春馬の嫌いなものばっかりハンバーグ」を作った兄の目は、真っ赤だったから。泣いて泣いて泣いて、声も嗄《しわが》れて、酷い有様だったから。

それが嬉し泣きによるものではないと、春馬は知っていた。

ケチャップとウスターソースで作ったソースを絡めたハンバーグの味は、よく覚えている。大嫌いな野菜ばかり入っているのに、びっくりするくらい美味しかった。ときどき激しく自己主張するレーズンやカボチャ、セロリの味に度肝を抜かれたけれど、それでも、今まで食べたことのない味がした。

そして兄は猛勉強の末に日本農業大学に合格した。一般入試で入学した学生が陸上部に入る唯一の手段であるセレクションに合格して、晴れて長距離チームに所属した。兄のいなくなった家で、父と一緒にぎゃーぎゃー騒ぎながら家事をして、走って。それを繰り返していくうちに、陸上の名門校、藤澤《ふじさわ》大学からスカウトが来た。

最後のインターハイで入賞したときも、藤澤大学への合格が決まった日も、最後の高校駅伝で再び全国大会への切符を摑んだときも、早馬はわざわざ東京から戻ってきて「嫌いなものばっかりハンバーグ」を作ってくれた。作ってくれとは一言も言っていないのに、気がついたら祝い事や、頑張らなくてはいけない日の前日には決まって出てくる料理になっていた。

箱根駅伝、二区。この先に待つ兄の姿を思いながら、春馬は規則正しく呼吸を繰り返した。大丈夫だ。食い物のことを考える余裕が、俺にはある。助川にも藤宮にもイエゴにも、負けない。

一月二日の冷たい空気は、あの県予選の日のように春馬の中から余計なものを消してくれる。昨日は食事もしっかり取ったし、夜もぐっすり眠った。朝食は和定食だったけれど、魚も豆も煮物も残さず平らげた。体も軽く、スタートからここまで大きなトラブルもない。勝てる。助川と藤宮に勝って、兄の最後の箱根駅伝に相応《ふさわ》しい走りができる。

そのとき、助川とは反対側から大きな影がぬっと前に躍り出てきた。気配を消していた藤宮がギアを入れ替えたのがわかる。春馬と助川の前に出ると、そのままぐいぐいと二人を引き離しにかかった。この先にいる人物に情けない姿は見せられない。むしろ、最高の走りを見せなくてはならない。そんな声が聞こえた気がした。

藤宮藤一郎《とういちろう》は、兄と四年間チームメイトだった。春馬も助川も知らない早馬の顔を、彼はたくさん見てきただろう。

隣を走る助川の温度が変わるのがわかる。春馬は、吹き出してしまいそうになるのを必死に堪えた。なんだ、この人もこの先に兄がいることを知っているようだ。

大学も違えば、性格も違う。けれど今、トップを走っている自分達三人は、眞家早馬という人物で繋がっている。

この先にいる彼に、何かを届けたくて、見せたくて、伝えたくて、走っている。

梅と昆布お茶漬け　～眞家早馬～

大通りから一本はずれると、木々が並ぶ路地へと入る。この四年間、毎日のように走ってきたお馴染みのジョギングコースだ。春、夏、秋、冬。あらゆる風景を自分は見てきた。走ってきた。すでに葉は落ちてしまったけれど、暗がりに乾いた枝の匂いがする。吸い込む空気が一層冷たくなった気がする。

自分の両足に問いかける。お前ら、大丈夫なのかと。調子はいいか、やる気はあるかと。大丈夫、と返ってくることもあった。無理です、駄目です、と返ってくることも、何度もあった。大丈夫と返事があったのに、勝てないことだってたくさんあった。数え出したら切りがないほど、たくさん、たくさん。

自分の足が、いや、足だけじゃない。自分の体がどんなに大丈夫でも、調子がよくても、やる気に満ちあふれていても、勝てないものは勝てない。

四年前、高校生の自分は、自分自身に問いかけることを放棄した。自分の両足を裏切って、自分を裏切って、いろんな人を裏切った。

罪の重さを思い知った日の芝の匂いは、今でもよく覚えている。東京のコンクリートに囲まれた独特の湿った匂いの中でも、確かに鼻腔《びくう》に蘇る。

全国高等学校駅伝競走大会、茨城県予選。最終七区。五キロの道のりを走ってきたアンカーの根本《ねもと》がゴールテープを切る。右手を突き上げ、何かを叫びながらゴールした。その言葉を聞き取ることができなかったことを、あの日の眞家早馬は悲しいと思った。

一区のスタート直後から一位に立った神野向高校は、春馬から二区の助川へ襷リレーをしてからもトップを独走した。助川は二位の水堀学園との差をどんどん広げていき、アンカーの根本が襷を受け取る頃には一分以上の差ができていた。

水堀学園の藤宮が、芝生に両膝を突いて顔を伏せて泣いていた。

そんな王者に打ち勝った肩を抱き合って、こちらもまた泣く。勝利の味を噛み締めて、自分達が世界の中心にいるという顔で笑って、泣く。とても清々しい光景だった。

本当に頑張った連中にだけ与えられる、人生最高の時間だった。そんな貴重な時間を冷めた目で見つめ、離脱する者がいた。顧問の胴上げを終えて、さあ次はお前だというところで、わざわざ仲間を振り切って歓声の輪から外れた。

二区を走った助川亮介だった。彼が二位の水堀に大差をつけたお陰で、神野向高校の勝利はぐんと近づいた。眞家春馬、助川亮介がこの場で一番喜ぶ資格があった。なのに、彼はつかつかと歓声の輪から外れると、少し離れたところにいたたった一人のところへ歩いていったのだ。

それが、眞家早馬だった。芝生を踏みしめ、コースから離れた小高い遊歩道に立つ、挑戦することからも頑張ることからも逃亡した人間のところへ、彼はわざわざ来た。

そして、どうした、という言葉を飲み込んで、「おめでとう」を絞り出した早馬の襟首《えりくび》を摑んだのだ。

「悔しいか?」

早馬のジャージの襟を締め上げ、ぐっと自分の方へ寄せて言い放った。

「羨ましいか?」

おいおい、元チームメイトになんて言い草だよ。そう、彼は強がりを言おうとした。それくらいならなんとか言えそうだった。

「兄貴」

けれどそこに、弟までがやってきた。助川を止めることもせず、むしろ彼と同じくらい険しい顔で早馬に迫ってきた。

「俺、ちゃんと一番で持っていったから」

ああ、見ていたよ。よくやったな。本当に一番で持っていったな。そう言いたいのに、眞家早馬の視線は自分の右膝へ自然と落ちていく。

「俺達は神高で初めて、全国駅伝に出た選手になる。ずっと競ってきたのにお前は観戦客の一人か」

なんとか言えよ。助川が早馬の襟を摑む右手にさらに力を込める。

「へらへらへらへらしてないで、はっきり言ってみろよ」

騒動に気づいた大会の運営スタッフがばたばたと駆け寄ってくる。近くにいた観客の一人が止めに入ろうと春馬や助川の肩を摑んだ。

今日、神野向高校は、十二月に京都で行われる全国高等学校駅伝競走大会の出場権を得た。都大路を舞台に繰り広げられる、駅伝の日本一を決める大会。何千人ものランナーを打ち負かし、選ばれた者だけが走ることができる晴れ舞台。

そこを、眞家春馬は走る。助川亮介も走る。一年前まで眞家早馬と一緒に練習していた奴が走る。一年前は彼よりタイムの遅かったはずの奴も、走る。

「そうだな」

風向きが変わったのか、運動場の芝生の匂いが突然濃くなった気がした。頰を伝う涙に、その匂いが混ざり込むように思えた。

「どうして……俺は、そこにいないんだろうな」

他でもない自分自身に問いかける。答えは返ってこない。わかりきっているから、返す必要がない。


頰や耳を痛いほど刺していた十二月の夜の寒さも、走っていると気にならなくなった。体温が上がって、寒さなどどうでもよくなる。走ることで、自分の体が寒さから自衛するようにどんどん温かくなっていく。

アスファルトを蹴る自分の両足はとても軽い。妙な痛みも、違和感も、何もない。

眞家早馬は今、調子がいいのだ。恐らく大学に入学してからの四年間で、もっとも「走れる」状態に自分の体は仕上がっている。

エネルギーが足りないぞと、胃がぎゅうっと鳴いた。

腹が減った。昼飯の弁当が、少なかったかもしれない。

都のところに行こう。そう思い、早馬は速度を緩めないままコースを変えた。別に、何か目的があって走っていたわけじゃない。大学を出てただ当てもなく走っていたら、いつも走るジョギングコースに入ってしまっただけだ。

路地を迂回して先程走っていた大通りに戻り、都のところに行こう。今日はどんなに忙しくても、どんなに遅くても、「腹が減った」と言えば何か出してくれるだろう。今日は普段とは違う、特別な日なのだから。文句を言いながら、「情けない」とか「女々しい」とか、そんな叱咤激励《しったげきれい》を交えながら。

彼女は、いつだってそうだ。

今日は梅と昆布お茶漬けあたりがいいな。なんだかんだで走るのをやめたら冷えるだろうから、温かくて腹に溜まるものがいい。

自分は腹が減っている。そして今、食べるのを楽しみにしている。

よし、大丈夫だ。ご飯が楽しみなら、俺は大丈夫だ。アスファルトをランニングシューズで踏みしめ、呼吸の間隔、足を繰り出すタイミング、すべてを一定に保ちながら、都のもとへ走った。大丈夫だ、大丈夫だ。何度も何度も、胸の内で繰り返した。

みかん酒　～井坂都～

閉店直前の誰もいない店の戸が、突然開いた。

「もうラストオーダーは終わってるよ」

「ちょっと暖を取らせてよ」

暖簾《のれん》は下げたけれど、鍵はかけていなかった。そんなことはお構いなしに、眞家早馬はカウンター席の一番奥に、都と向き合うようにして腰を下ろした。

「何も出せないけど、いいのかよ」

「何も食わないし、何も飲まないから、いいだろ」

そう言いつつ、腹が減ったという顔をしている。何か食わせろ、という顔を。

十二月に入って二週間近く過ぎると寒さも一段と厳しくなった。早馬が開けた扉から入り込んできた冷気が、店の中の空気を一気に冷やした。

仕方なく、温かいお茶を出してやる。礼を言って湯飲みを受け取るも、早馬はそれに口をつけなかった。

「親父さんとかは？」

「奥でレジを締めてるよ」

お食事処「かげろう」は二階建ての建物で、一階が店舗、二階が住居になっている。閉店まで十分ほどとなり、店主の哲郎《てつろう》さんと奥さんの光恵《みつえ》さんはアルバイトである都に店を任せて二階に上がって雑用を片づけている。

「駄目だったよ」

黙り込んだと思ったら、そう口火を切る。なんのことなのかわかってしまった自分を褒めてやりたいと思うのと同時に、無意識にぐっと喉に力がこもるのがわかった。

「そうか。駄目だったか」

「ああ」

「残念だったな」

「稔、箱根は観戦しに来るって言ってたのにな。悪いことしちゃった」

不思議と彼は溜め息をつくこともなく、がっくりとうな垂れることもなく、静かに頷いてみせた。

背後のガスコンロにかかっていた鍋から、残り物のモツ煮込みを小鉢によそって出してやった。

「ラストオーダーは終わってるんじゃないの？」

「残り物だよ。まだ温かいぞ」

じゃあ遠慮なく。そう言って早馬の手が割り箸立てに伸びる。パキンという乾いた音を立てて割り箸を割ると、モツとトロトロに溶けた玉ねぎを一緒に口に運んだ。「かげろう」の料理はなんでも美味い美味いと言って食べる彼だけれど、今日は口の中のものを飲み込むまで何も言わなかった。

ゆっくり時間をかけて煮込みを飲み込むと、ふっと小さく息をつく。

「俺の陸上人生も、今日でお終いだ」

「……そうか」

残念だったな、とまた言おうとして、都はそれを飲み込んだ。

「お疲れさん」

棚からグラスを取り出し、自分の顔の横へ持っていく。「酒、出してやろうか？」と首を傾げてみせると、早馬は苦笑いしながら首を横に振った。

「いいよ、飲める気がしないし」

一度はやめる決断をした陸上に、眞家早馬は戻っていった。

スポーツ推薦で入学した連中がごろごろいる中、ただ一人一般入試で入学した学生として、日農大陸上部の長距離チームで走り続けた。

高校卒業と共に切れると思っていた彼との縁は、今でもこうして続いている。

彼の進んだ大学と都の合格した大学は同じ区内にあった。一人暮らしをしているアパートだって徒歩二十分ほどの距離だ。入学早々、スーパーで買い物をした帰りにジョギング中の彼とばったり鉢合わせてしまった。そして彼に紹介された店でアルバイトまで始めてしまった。しかもそこは、彼の進んだ大学の陸上部が行きつけにしている定食屋だった。

成人を迎えても、早馬はアルコールを一滴たりとも飲まなかった。それ以外にだってたくさんの楽しいことが、たくさんの誘惑が、この四年間にはあったはずだ。けれど彼はその一切を絶って、管理栄養士養成課程での勉強と陸上だけに打ち込んできた。その気になれば彼女の一人二人だって作れただろうに、それさえしなかった。そんな彼を一言で言い表すなら、ストイックだった。一度競技を離れようとした人間だから、きっとそうなれたのだと思う。

「ちょっとくらい大丈夫だろ。アルコール少なめにしてやるから」

「じゃあ、ちょこっと」

右手の人差し指と親指を、わずかに擦り合わせる。「はいはい」と都はグラスにほんのちょっとの日本酒を注いだ。大さじ一杯程度で、あとはどぼどぼとみかんジュースを加える。これじゃあほとんどジュースだ。冷凍庫からデザート用の冷凍みかんを取り出して、ほぐして入れてやる。

「日本酒とみかんで作る、みかん酒」

ほとんどジュースだというのに、受け取った早馬はそれをちゃんとした酒を飲むような顔で啜《すす》り、結局ジュースとの違いが見つけられなくて半笑いになった。

「これで、本当に陸上ともさようならだ」

「あとは三月の試験に受かるだけだな」

管理栄養士国家試験は三月の下旬に行われる。それまでまだ陸上部の練習はあるだろうけれど、彼の陸上人生は間違いなく今日、終わったのだろう。

「せっかく就職は決まったんだから、間違っても落ちたりするなよ」

早馬は大学を卒業したら、相模原《さがみはら》の病院で管理栄養士として働くことが決まっている。資格取得見込みでの内定なので、何がなんでも国家試験には受かる必要がある。

「落ちたら春馬に笑われるだろうからな」

その弟は、高校卒業後に陸上の強豪校へ進んだ。一年生で箱根駅伝デビューを果たし、助川と並んで正月のお茶の間を沸かせている。

眞家春馬。あの好き嫌いの多いお子様舌の生意気なガキんちょは、多分大学卒業後も競技を続けるのだろう。大会という大会で活躍して、記録にも記憶にも残る走りをして、いろんな人を魅了して、いろんな人に「しょうがないなぁ」と可愛がってもらいながら上手いことやっていく。偏食も多少は解消されたのか、先日の全日本大学駅伝では、体つきが少したくましくなったようにも見えた。テレビ番組でインタビュアーに「最近最も頑張って成し遂げたこと」を聞かれて、「レバーが食えるようになったんすよ」と胸を張るのはやめてほしいけれど。

ふと早馬を見ると、彼もこちらを見上げていた。向こうは椅子に腰掛けているし、カウンターを挟んでこちらの方が少し高い位置にいるので、都が早馬を大きく見下ろす形になる。

もしかしたら、ずっとこちらを見ていたのかもしれない。

この四年間、練習終わりに疲労困憊《ひろうこんぱい》した様子でここへ来る彼に、思うようにタイムが伸びず悩む彼に、故障に苦しめられる彼に、何度も何度も、身を切られるような思いをした。

罪悪感という細く鋭い刃に、何度も何度も切られた。

身勝手に、独りよがりに。

「隣、座ってもいいか」

正面から早馬に顔を見られていることに耐えられず、都はカウンターを出て彼の隣の席に座った。手持ち無沙汰になりそうだったから、熱いお茶を一杯だけ持っていった。

「あんたに、謝らないといけないことがある」

「思い当たる節がいろいろありすぎて、どれがどれだか」

「高三のとき、あんたを利用した」

湯飲みを右手で握り締めて、目の前のメニュー立てを凝視する。目の奥が痛くなるくらい、見る。

「……何かあったっけ？」

グラスを傾け、早馬はみかん酒をくるくると回す。

「あんたは、あんたの弟と助川に触発されて、陸上を続けることにしたんだろう？」

「懐かしい話をするんだな」

どっちだっていい。あの頃の自分はそう思っていた。眞家早馬が陸上をやめようと続けようと、当の本人は陸上に未練があるようだったけれど、それは彼が考え、決断することだと思っていた。

強いて言うなら、一緒に料理をしてくれる人がいる分には、悪くないと思っていたくらい。

彼が料理を始めたとき、嬉しいと思った。稔にはそんなこと一言も言わなかったが、眞家早馬のお陰で、一緒に料理をする人間がいるというのがどういうことなのかわかった。たとえ彼が料理をする理由が、現実からの逃避だったとしても。だから彼が陸上をやめようと続けようと、どっちだっていいと思っていた。

あの日までは。

「助川をさ、そうするように焚《た》きつけたのは私だ」

「は？」

どういうことだよ。早馬の言葉に、自嘲の笑いが込み上げてくる。

「あんたが眞家早馬に、もう一度陸上に戻ってこいって言うべきだとか。眞家早馬が陸上をやめて寂しいと思うなら、どうして無理矢理にでも連れ戻そうとしないんだ、とか。心にもないことを言った。適当にあいつの琴線に触れそうなこと、わざわざ選んで言った」

それを彼は何を勘違いしたのか、都が早馬に好意を持っていて、早馬を想って言ったのだと思い込んでいた。井坂都は眞家早馬が好き。だから、愛する男が本当に行きたいと思っている道を行かせてやりたい。そんなことを考えたのだと。

「助川は、まんまと私の策にはまってくれたってわけ」

「どうしてそれを謝るんだよ」

「あんたのことなんて、何一つ考えてなかったんだよ」

早馬はみかん酒を口に含む。どうしてそんな回りくどいことをしたんだと、都の目を見た。

「じゃあ、誰のことを考えてたんだ」

「助川」

助川亮介。私の幼馴染み。

「どうして」

穏やかな声色に、微かに緊張が走る。

「あんたが陸上から離れて、助川が苦しんでたから」

助川亮介本人もそう言った。早馬が陸上をやめてしまうのは「寂しい」と。

「助川が苦しむのは、嫌だったんだ」

たとえ、早馬の未来をねじ曲げたとしても。

「好きだったのか、助川のこと」

違う。そんなんじゃない。そんなんじゃあ、なかった。彼をそんなふうに見たことなど、一度もない。

「自分でもよくわからないけど、嫌だったんだ。あいつが苦しんでるのは」

私の家、親が仲悪かったんだ。

そんなありきたりな表現を枕詞《まくらことば》に、都は早馬に初めて自分の家のことを話した。たとえ早馬に聞かれたとしてもはぐらかしてきたのに、初めてした。

「両親が喧嘩してるときに、助川がうちに野菜をお裾分けしに来ると、喧嘩がやむんだよ」

都ができてしまった日のことを、生々しい言葉でぶつけ合う両親の喧嘩を、助川の来訪が止めてくれた。しかも、彼が届けたシシトウで、母と本当に久々に夕飯を食べた。そんなことは、何度も何度もあった。

「実は私、助川とは幼馴染みなんだ」

驚くだろうと思ったのに、早馬は都が予想していたよりずっと冷静だった。「そうか、そうだったんだな」と言って、なぜかふっと笑ってみせる。

彼の目に、今の自分はどんなふうに映っているのだろう。

「でもさ、そうやって助川の家が野菜を寄こしたりするの、あの頃は嫌で嫌で仕方なくてさ。みんな、可哀想な子を見る目をしてるんだよ」

早馬にだって、わかるはずだ。

「だから腹が立って、助川が持ってくる野菜を、片っ端から料理してお返ししてやってたんだ。あいつ、私が作った料理を不味い、って言いやがるんだから」

でも、当時の自分の料理の腕前は酷いものだった。よくも彼は毎度毎度あれを受け取ったものだ。「都がお返しに持ってきたよ」と自分の家に食卓に出していたのか、一口味見して捨ててしまっていたのかは、わからない。知る気もない。

「高校に入学して、両親が離婚して、それなりに参ってた頃、料理研究部に入ったらどうだって言ってくれたのも助川だった」

奴は、そんなに深く考えて提案したわけではないだろうけど。きっと覚えてもいないだろうけど。

いつからだろう。最初は助川や彼の母に対する当てつけだったはずなのに、料理をすることで井坂都は両親の不仲から、自分が厄介者であるという事実から、目を背けていた。そうすることで、強い強い、井坂都でいられた。

いつそのときが来ても構わない。そう思っていたのに、いざ自分が中学を卒業すると同時に母が家を出ていくと、体中から力が抜けるようだった。自分の体がぐにゃぐにゃに溶けていくようだった。

そんなとき、彼は都に料理をしろと言った。

料理をするという行為が自分にとってどれほど大事なものだったか、料理研究部に入ってわかった。料理をすることで、井坂都の心は安定していたのだ。戸惑いとか苛々とか不安とか、そういったものが、料理に没頭することで解消されていたのだ。

「だから、助川が悲しんでるのは嫌だったのか」

幼馴染みとはいえ、とびきり仲がよかったわけではないけれど、それだけ付き合いがあれば嫌でも彼のことは理解できる。自分にも他人にも厳しくて、特に陸上に関してはとてつもなくストイック。冗談を言っても全然冗談に聞こえない堅物。けれど面白い奴だった。ときどき見せる泥臭さが、愛くるしいくらいだった。

その助川が、眞家早馬のせいで苦しんでいた。その本心を何一つ語らず、蓋をして腹の底にしまい込んで、物わかりのいい、いけ好かないクールな自分を決め込んでいた。

小学六年生の都のように、彼の広い胸にも空《から》っ風《かぜ》が吹き抜けていると思うと、居ても立ってもいられなかった。なんでもないと思い込んで、自分が大丈夫じゃないことに気づかないでいるのだと。

ああ、眞家早馬を陸上へ戻さないといけない。

未練を引きずりながらも覚悟と勇気を持って、眞家早馬は陸上を諦めようとしていた。その心を押しのけてでも、助川に笑ってほしかった。彼には、彼らしくいてほしかった。助川はきっと、都が眞家早馬のことを想って彼を焚きつけたのだと思っているだろう。それでいい。勝手に恩を感じて勝手に行動した女がいたなんて、奴は知らなくていい。あいつは、気持ちよく、すかした顔で、どこまでも走っていけばいい。

「私はあんたのことなんて、何一つ考えなかった、あんたが大学四年間また苦しむことになったとしても構わないと思った」

ごめんね、眞家早馬。

不思議と声は震えなかった。目の奥は痛むのに、涙は出てこなかった。そんな段階は、この大学四年間のうちにとうに通過してしまったのかもしれない。

なあ、都、たとえそうだったとしてもな。

みかん酒の入ったグラスを伝う結露を親指でなぞりながら、早馬は肩を竦めてみせた。

「俺は本当に、四年間頑張ってよかったよ」

そんなことを言う。

「四年前、陸上を続けることを決めたとき、思ったんだ。きっとこれから、何度もその決断を後悔するんだろうなって。練習がきつかったり、レース中に苦しくなったり、いいタイムや結果が出なかったときに、怪我が再発したときに」

彼はこの四年間で、そのすべてを経験したはずだ。タイムが伸びなくなって、下級生に追い抜かれたとき。大会の直前にエントリー変更をされて出走できなかったとき。古傷のある右ではなく、左の膝を故障してしまったとき。再発にだってこの一年、散々苦しんだ。そのたびに彼は「かげろう」で、今座っているのと同じ席で、都の向かい側で肩を落として、小さく溜め息をつく。この姿を一体何度見ただろう。目を閉じれば易々と瞼の裏に思い浮かべることができるくらい、都は彼を見てきた。

「でも、続けてよかった。それは心の底から思ってる。都が何を考えてたかとか、誰を想ってたかとかは、関係ない」

いつもと変わらぬ穏やかな顔で、早馬はグラスを口元へ持っていった。そして、「やっぱり酒ってよくわかんねえな」なんて笑ってみせる。

「当の俺が後悔してないんだ。それで構わないだろ」

そう易々と、許されていいのだろうか。

「俺も、都が苦しいのは嫌だよ」

その都が、助川に恩を返せたっていうなら、それでいいよ。両手で持ったグラスを傾け、もう一度みかん酒を口に含む。

虫がよすぎると思った。

ふざけるな、とも思った。

「高校三年の五月、稔があんたを寄こした」

「どうしようもない奴だったもんな、俺」

当時の自分を思い出したのか、早馬は頭をガリガリとかきむしった。「あー、恥ずかしい」と目をつぶって首を左右に振る。

「陸上部をサボる俺に、別の何かをさせようと思ったんだろう」

カウンターに頰杖を突き、早馬は肩を揺らした。「まったく、稔の奴」と呟いたきり、その先は言わなかった。

「あんたが来てくれて、よかったよ」

楽しかった。本当に、楽しかった。

そう思うのに、自分は早馬を突き放すようなことをした。それは多分、一生覚えている。眞家早馬が井坂都にとって間違いなく大切だったことを。その眞家早馬を、もう一人の大切な助川亮介のために、利用したことも。たとえ早馬本人がそれを許そうと、ずっとずっと、覚えている。

「そういえばこの間、助川と会ったよ」

突然早馬は彼の名前を出した。「は?」と都が顔を上げた瞬間、カウンターの中で食洗機のアラームが鳴った。その甲高い音があまり好きではなくて、都はすぐさまカウンターへ駆けていって食洗機に手を伸ばした。

アラームが止まり、また店は静かになる。食洗機の蓋を開けると、中から真っ白な湯気が上がった。店も暖房が効いているけれど、それでも湯気は白い。まだ熱くて食器は取り出せそうになく、再び早馬の方へ向き直った。腹の底をくすぐられるような居心地の悪さを感じながら。

「助川さ、常陸《ひたち》エレクトロに行くんだ」

「また、凄いところに行くんだな」

常陸エレクトロの実業団チームには、前回のオリンピックに日本人代表としてマラソンに出場した選手が所属している。一月二日、三日の箱根駅伝から、今度は元日のニューイヤー駅伝でその走りを拝むことになりそうだ。

「マラソン、走るんだと思う。東京オリンピックもあるし」

よかったな。小声でそう続けた早馬に、都は体を硬くした。都の胸の内を見透かすようにして、さらに早馬は続ける。

「何度だって言うけど、俺は後悔してないよ。四年間、陸上を続けてよかったよ」

誰にだって胸を張れるし、後悔もないし、何より清々しい。インカレでも結果を出せなかったし、出雲《いずも》駅伝にも全日本大学駅伝にも箱根駅伝にも出られなかった。それは悔しいけれど——。

「だけど、苦しくはないんだ」

「でも」

「だから気にするなよ、都」

食洗機から舞い上がった蒸気が、都の顔を被《おお》う。それを手で払う振りをしながら、早馬に気づかれないように目元を拭《ぬぐ》った。

「俺も助川が好きだ。春馬も好きだ。二人が走る姿を、俺達はこれからずっとずっと見ていられるんだ。幸せじゃないか」

微かに、指先に湿りを感じた。湯気なのか涙なのか、判断はしないでおいた。


アルコール度数が限りなく低いみかん酒を早馬が飲み終えるのを見計らい、食べたのがモツ煮込みだけではひもじい気がして、お茶漬けを出してやった。余り物の白米に昆布の佃煮を混ぜて、梅昆布茶をかけてやる。それに梅干しと刻みネギと大葉を添えてやれば、早馬の好きな梅と昆布お茶漬けになる。

どうしてだろう。彼には料理を食わせたくなる。初めて会ったときからそうだ。腹一杯食わせて、「美味い」と言わせたくなる。

きっと、最初に調理実習室に現れたときの腑抜けた顔が、「こいつには何か食わせてやらないといけない」と思えた顔が、都は忘れられないのだ。

「やっぱり美味いや、これ」

煮込みのこってりとした油のあとに、大葉のさっぱりとした風味と梅の酸味は一層美味しく感じるはずだ。

「都は引っ越すのか?」

「いいや、こっちから通うよ。外苑前《がいえんまえ》だから、そんなに遠くないし」

都は都で、「かげろう」の店主の口利きで四月から都内の小料理屋で働くことになった。最初の一年はひたすら皿洗いとジャガイモの皮剝《かわむ》きだろう。

「いつか店を出したら、また都の料理が食べられるんだな」

「一体何年後の話をしてるんだよ」

「俺もその頃には、大学とか実業団で仕事できていればいいんだけど」

そのとき、突然、音を立てて店の戸が開いた。

はめ込まれたガラスが割れてしまうんじゃないかというくらいの勢いで開いた戸は、外の冷気を一気に運んでくる。

暖簾も出ていない店に断りもなく入ってくる奴なんて、大体想像がつく。

「……藤宮」

藤宮藤一郎のスポーツ刈りの頭は、うっすらと汗で湿っていた。十二月なのに、店の蛍光灯を受けて額がてかてかと光っている。

「やっぱりここだったか」

都に「お疲れさんです」と頭を下げ、藤宮は早馬の隣の椅子を引く。先程まで都が座っていた場所に腰を下ろし、ふう、と大きな溜め息をこぼした。

何も言わず、冷たい烏龍茶《ウーロンちゃ》を出してやった。それをゆっくりと時間をかけて半分ほど飲み干し、藤宮は早馬を恨めしそうに横目で見る。

「練習が終わった途端、速攻で帰るから心配したぞ」

「それで、わざわざ探してくれたわけだ」

「グラウンドからお前のアパート、アパートからここ。とんだロード練習だよ」

残りの烏龍茶を飲み干し、どん、とカウンターにグラスを置く。その様を早馬はくすくすと笑った。

「笑い事じゃあない。エントリー発表が終わったとき、お前、顔が真っ白だったぞ」

氷だけになったグラスを見つめて、藤宮は険しい表情になる。頬杖を突いてそれを見つめながら、早馬は肩を落とした。日本農業大学は今年一月の箱根駅伝でシードを取ったので、来年の出場も自動的に決まっている。十二月のこの時期は、各大学の出走者のエントリー発表がある。

箱根で勝つか負けるかの前段階。箱根を走れるかどうかが決まる日。部員に向けて出走者の発表がある日。

日農大にとっての、眞家早馬にとっての「その日」は、今日だった。

「そりゃあ、希望は最後まで捨てずにいたからな。でも、十六人のエントリーメンバーに選ばれなかったら、もう本当にお終いだろ？」

「そうかもしれないけど……」

「お前は選ばれたんだ。ちゃんと走れよ」

しばし間を置いて、藤宮はおう、と大きく頷く。その表情は一向に晴れない。反比例するように、早馬の顔はまるで一足先に春を迎えたようだった。

そしてその目は、藤宮から都へと移ってきた。

「俺は結構満足してるんだ。裏切らなくて済んだんだ」

「何をだよ」

都の心を、藤宮が代弁した。

「いろんな人とか、陸上そのものとか、自分とか」

これからは、ちゃんとその恩を返していくよ。その言葉が、都の耳を刺激した。くすぐって、笑いながら駆け抜けていく。いや、都の体の中に、染み込んでいく。

「何十年後に振り返ったらたった四年間だろうけどさ、それでもお前は陸上を続けてよかったんだなって思ってもらえるように、やっていくさ」

空になったお茶漬けのお椀に匙《さじ》を置いた早馬は、そう笑ってみせた。そしてそのまま、両手で顔を被ってカウンターに伏せった。藤宮が何も言わず、彼の背中を一度だけ叩く。

お椀を手に取り、水を張った桶に放り込んだ。たぷんたぷんと水面は揺れ、ゆっくりと静まっていった。早馬のすすり泣きに、都も藤宮も黙っている以外のことはしなかった。必要ないと、痛いくらい理解していた。

◆午前九時四十七分　十五キロ地点◆

「来た」

道の先。カーブを曲がってきた中継車。その向こうに、確かに藤宮の姿が見えた。表情はまだ見えない。テレビの中継を見る限り、別段トラブルに襲われているということはなさそうだ。走り方も問題ないように見える。いつも通り。地面を足の裏で鷲摑《わしづか》みにするような力強い走り。

藤宮の後ろ、五メートルほどの間隔を作って、二人のランナーの姿が見える。さらにその後ろには、紅陵《こうりょう》大学のダニエル・イエゴ。まったく、恐ろしい連中を三人も引き連れて権太坂《ごんたざか》を上るだなんて、なんて苦しい戦いだ。

「あんまり差、ついてないっすね」

背後で自分と同じくサポートに回っている大森《おおもり》がこぼした。二十三・一四キロの箱根駅伝の二区。すでに十五キロ近くを走っているのに、いまだにトップ集団は三人が抜きつ抜かれつを繰り返し、そこに外国人留学生までが混ざろうとしている。トップで襷を受けた春馬に助川と藤宮が追いつき、助川が並走した。藤宮はわずかに後方を走っていたが、ラスト十キロとなって一気に二人を抜いた。だが、まだ勝負はわからない。

「まだ八キロある。藤宮なら大丈夫」

それに、まだ二区だ。全十区、二日間にわたる箱根駅伝は、始まったばかりだ。

「しかし、トップ集団全員が知り合いって、なかなかないだろうな」

眞家早馬は、苦笑いをしながら給水用のボトルを手に取った。

中継車が近づいてくる。

沿道で振られるたくさんの旗。色とりどりの大学の名前の入った幟《のぼり》。

その中に、早馬は見知った顔を二つ見つけた。四年たって少しだけおでこが広くなった稔が、選手ではなく早馬を見ながらにこにこと旗を振っている。その横で、都が神妙な顔で旗を握り締めていた。特定の大学のものではなく、読売新聞が配布している赤と白の小旗だった。青字で書かれた出場校の一覧には、日農大も藤澤大も、もちろん英和学院もある。

二人に軽く右手を上げて応え、早馬はボトルを握り直して車道に出た。

ゆっくりゆっくり、足を交互に動かす。中継車が早馬を追い抜いていく。やっと、藤宮の顔をしっかりと見ることができた。大丈夫だ。こいつにはまだ余力がある。このあとに待ち構える勝負の権太坂の頂上も、中継所前の上りも、越えられる。何せ彼は四年前の県駅伝の敗北を、いまだに悔しがっているのだ。助川と春馬が走るこのレースにかける思いを、早馬はよく知っている。

何より、彼は箱根路を走っているのだ。早馬が背負いたくて背負えなかった日本農業大学という名前を、襷を背負って走る。頑張ってくれなくては、困る。

「もう少し、大丈夫」

声を張ってそう言い、ボトルを持った右手を藤宮の方へ伸ばす。彼のコース取りを邪魔しないよう、その足が刻む細い細い線の上に、そっとボトルをかざすように。彼がペースも心も一切乱さず、給水ができるように早馬は細心の注意を払った。

箱根駅伝の二区では、二回の給水が認められている。十キロ地点と十五キロ地点。この給水が終わったら、あとは中継所での襷リレーに向けて最後の勝負が始まる。いい具合に集中している藤宮の緊張の糸を切ってしまうわけにはいかない。

藤宮がわずかに腕を上げ、早馬の差し出したボトルを受け取る。まず頭に持っていき、全身に水をかける。そして一口二口と口に含むと、自分の進路の邪魔にならぬよう歩道側へ投げ捨てた。

「粘れよ！」

ぐだぐだと言葉をかける必要はないと思った。彼は自分なんかよりずっと走れて、駆け引きも上手で、気持ちも強い。権太坂を越えた先にあるラストの上りも、しっかり頭に入っているはずだ。

藤宮が左手を少しだけ振って、給水係の早馬へと感謝を示す。今この瞬間は、テレビで中継されているだろうか。事前番組の取材で、藤宮は早馬の話をした。入学時から仲のいい友人で、一緒に箱根路を目指していたと。もしこの給水が中継されていたら、そのことに実況アナウンサーが触れているかもしれない。

日本農業大学の藤宮が、箱根を走ることの叶わなかった友から給水を受け、表情を引き締めた、とか。この給水は藤宮に大きな力を与えたのではないでしょうか、とか。

藤宮が歩道へ投げたボトルを拾うため、歩調を緩めようとしたときだった。

背後から、重々しく、けれど鮮明な息づかいが聞こえた。どどど、どどどど、とこちらに迫ってくる音がなんなのか、振り返らなくてもわかった。自分の心ではなく体が、この音をよく知っている。

この音が、自分を陸上の世界へ連れ戻したのだ。四年前、高校三年生だった眞家早馬の心をむちゃくちゃに踏み荒らして、悔しさと悲しみと羨望と、愛《いと》しさをもって、記憶している。

自分の右側を、彼らは駆け抜けていった。えんじ色のユニフォームを着た助川亮介と、藤色のユニフォームを着た、眞家春馬。早馬を見ることなく、ただ藤宮だけを、その先に続くコースを見つめながら、美しいフォームで走っていく。あっという間に、早馬を追い抜いて五メートル、十メートルと離れていった。

まさか、箱根駅伝の花の二区の、そのトップを走る三人の選手が高校時代の友人と、大学での友人と、弟だなんて。長い長い箱根駅伝の歴史の中で、そんなの恐らく俺だけではないだろうか。

歩道の近くで立ち止まり、早馬はボトルを拾った。ああ、許されるなら、このまま彼らを追って走っていくのにな。そう思ったら、腹の底が、横隔膜の辺りがくすぐったくなった。それを振り払うように、早馬は声を張り上げた。

「ちゃんと走れ！」

ちゃんと走れ。どこまでも走っていけ。遠く遠く、俺はもちろんのこと、他の連中じゃあ到底辿《たど》り着けないような高みへと、走っていってくれ。

声を張り上げた喉は、一月の冷たい空気にピリリと痛んだ。心地よかった。この心地よさを、自分は一生忘れないだろう。

自分の言葉は、藤宮まで届いていただろうか。彼に届けばきっと、助川と春馬にも聞こえたはずだ。そうだといい。レースの最中に、他大学の給水係の声なんて気にかけていないかもしれないけれど。それが早馬だったことでさえ、もしかしたら気づいていなかったかもしれないけれど。

それでいいんだ。

各大学の監督が乗った運営管理車が三人を追っていく。紅陵大学のイエゴも重戦車のような走りで駆け抜けていった。第二集団をリポートする中継車も十五キロ地点を通過する。先程、自分のすぐ横を走っていたはずの彼らは、ずっと先の方へ行ってしまった。

あんなスピードで何十キロも走るのだから、本当に奴らは化け物だ。けれどそんな奴らと今、一瞬といえど並んで走ったことを、早馬は誇らしく思った。将来、もし念願叶ってスポーツ栄養士になったら、俺は実は箱根を走ったと言ってやろう。給水係としてだけどな、というオチも完璧だ。いつか恋人ができたときも、子供ができたときも、孫ができたときも、言ってやろう。自分が長距離の選手だったことを。弟が、友人が、強い強い長距離選手だということを。

走り続ける三人の背中は、いずれ見えなくなる。自分の手の届かないところへ走っていってしまう。

眞家早馬の最初で最後の箱根駅伝は、給水係として並走した数十メートルだけだった。虚しいと笑う人もいるかもしれない。高校三年の、陸上から離れようとしていた自分は「ほれみたことか」と憤っているかもしれない。格好悪いと。情けないと。

いいじゃないか。

高校三年生の自分の肩を叩いてやる。

いいじゃないか。

いいじゃないか。

観客が振る小旗の音が、応援の声が、一瞬だけ遠くなった。自分の横を、見えない何かが走り抜けていった気がした。さようなら、とその見えない背中に胸の内で手を振る。

すうっと、涙が一筋、頬を流れていった。言葉では到底言い表せない、眞家早馬の複雑怪奇な感情が入り交じった雫は、一月の風にのって飛んでいった。

遠く遠く、自分には到底辿り着けない場所を目指して走る彼らに、寄り添うように。

本作品は書き下ろしです。
本作品はフィクションであり、実在する人物・団体などとは一切関係ありません。

装画　関あるま
装幀　黒木香＋ベイブリッジ・スタジオ

額賀澪（ぬかが・みお）

1990年、茨城県行方郡麻生町（現・行方市）生まれ。10歳の時に初めて小説を書く。高校卒業後は小説家を目指し日大芸術学部文芸学科へ入学、創作やDTPを学ぶ。卒業後は広告代理店に勤務しながら小説の創作を続ける。2015年『ヒトリコ』で第16回小学館文庫小説賞を受賞。同年『屋上のウインドノーツ』で第22回松本清張賞を受賞。二作同時デビューで話題を呼んだ。本作はデビュー後初の書き下ろし長編小説となる。

編集　片江佳葉子

タスキメシ

二〇一五年十一月三十日　初版第一刷発行
二〇一六年四月六日　第二刷発行

著者　額賀澪
発行者　菅原朝也
発行所　株式会社小学館
〒一〇一-八〇〇一　東京都千代田区一ツ橋二-三-一
編集　〇三-三二三〇-五六一七　販売　〇三-五二八一-三五五五
DTP　株式会社昭和ブライト
印刷所　大日本印刷株式会社
製本所　株式会社若林製本工場

ISBN 978-4-09-386428-2

GOAL! ←

.... and

START !!